CONTENTS

エリクサーの泉の水を飲んで育った村人

プロローグ　名前のない村

この世界のはじっこには、地図にも載っていない小さな村がある。

そこは、人間たちが暮らす国からずっと東。

凶悪な魔物が多く生息し、魔王城がある『常夜の森』を抜けた先……。普通の人間は、決して足を踏み入れようとすら思わない場所だ。

森を出ると広い草原があり、小川が流れている。小動物や、温和で知性ある魔物たちが水を飲みに来るスポットだ。凶暴な動物と魔物が仲良く戯れるという珍しい光景が見られるのは、世界広しといえどここだけだろう。

さらに進み大地の先端まで行くと、氷河の漂う海に面した場所に小さな村がある。

その村の中央には、村人が飲料水として使っている泉が湧き出ているのだが――それが伝説の秘薬、エリクサーであることは誰も知らない。

この小さな村以外には、ほかの村も集落も、町もない。

国という概念から外れたそこは争いがなく、のどかで穏やかな場所だ。誰もが幸せに暮らしているため、村から出て行く人間も少ない。

けれど時折、外の世界に憧れを持つ子供が現れる。大抵は大人たちの説得によって村に留まるのだが、一人の少女は頑なに頷《うなず》かなかった。


村の中――森で伐採した木で建てられた家の一つに、心配そうにする若い女性と、皺《しわ》の多い年をとった女性の姿。手元のコップには蜂蜜酒が注がれており、甘くかぐわしい香りが辺りを漂う。

若い女性から、心配そうな声がもれる。

「……はぁ、大丈夫かしら。あの子、どこか無茶をするから……」

「ほっほ。あん子は、強い子じゃて」

「おばば様、そんな根拠のないことを言わないでください。村で一番弱くて、治癒魔法だって得意じゃないんですよ？」

若い女性は机に項垂《うなだ》れると、「もっと鍛えておけばよかった……」とため息をつく。けれどおばば様と呼ばれた女性は、にこにこと笑っている。

「心配の必要はないさね。あん子は、この村で一番じゃて」

「一番って、何がです？」

「おやおや。母親だというんに、あん子のことに気づいてなかったのかい」

「？」

不思議そうにする母親の様子を見たおばばは、カッカッカと豪快に笑う。コップの中にある蜂蜜酒を一気に飲み干し、窓から見える地平線へ目を向けた。

まだ高い位置に太陽があり、森と山々が視界に広がっている。それはまるで、精霊たちから祝福されているのではと思うほどの、清々《すがすが》しい景色だ。

「大丈夫じゃて、信じておやり」

「……ええ」

静かに告げるおばばの声に、女性は仕方がないと頷いた。

二人が話していた子供の名は、シーラ。

世界のはじっこにある名前のない小さな村から今日、旅立った少女だ。

第一話　世界のはじっこから旅立ちました！

地平線の見える小高い丘、柔らかな新緑の草原。

足元には小川が流れていて、それを辿《たど》った先には大きな森。空は雲一つない快晴で、楽しそうに小鳥が飛んでいる。

ぽかぽかと暖かい日差しを受けて、少女はぐっと伸びをする。

「んっふふー！　やぁっと旅に出られた!!　みんな心配しすぎだよ～」

何かから解放されたかのように叫ぶその顔は晴れやかで、どこか誇らしげだ。

この小柄な少女が世界の端にある村から旅立ち、もう一時間が経《た》とうとしている。鼻歌交じりに草原を歩き、目指す先は夢にまで見た大都会だ。

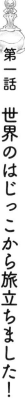

シーラ、十五歳。
水色から白色のグラデーションになった、ふわりとしたロングヘアー。その合間から覗《のぞ》く、長い耳。光の加減によって薄いピンクにも見える青色の瞳は大きく可愛《かわい》らしい。
オフホワイトのフードが付いた薄手の外套《がいとう》は、サイドに付いたピンク色のリボンを後ろに回して結んでいる。大きな肩さげの鞄《かばん》には、留め具に村の兄姉《きょうだい》たちがお守りだといって作ってくれたフェンリルの人形。身長一五二センチの彼女には、結構な大荷物だろう。

「大きな街に行くには、あの森を抜けないといけないんだよね」

ルンルン気分で草原を歩いていたシーラだが、ピタリと立ち止まる。問題はここからだ。

目の前に広がるのは、『常夜《とこよ》の森』と呼ばれる薄暗い森。

太陽の光は十分届いているはずなのに、じめじめしていて苔《こけ》が生えている。稀少《きしょう》な植物も多いが、それに比例して人食い植物など危険なものも少なくはない。

もちろん、強い魔物も生息している。

シーラも多少の戦闘経験はあるが、村で一番弱いためかなり不安だ。単体であれば大体の魔物はどうにか倒せるし、よっぽどのことがなければ逃げられるが……囲まれてしまったら辛《つら》い。

――まぁ、なんとかなるか！

「臆病だから怖いと思うだけで、私も結構強いと思うし!!」

ポジティブなのは、シーラのいいところでもある。

確かに恐ろしい森かもしれないが、進んでみなければ始まらない。

もし予想より森を抜けるのが大変そうであれば、仲の良い精霊に頼んで助けてもらえばいいのだ。どうにでもなると、自分に言い聞かせる。

「よっし、頑張って――ん？」

いざ、森へ突入だ！　……そう思った矢先、森の入り口に、でろでろんになり今にも死にそうな一匹のスライムがいた。おそらく、強い魔物か何かにやられてしまったのだろう。

「うわっ、大変だ!!」

シーラは慌ててスライムの下《もと》へと駆け寄り、まだ息があることを確認してほっと息をつく。

「でも、誰がスライムなんて害のない魔物を……弱い者いじめ？」

水色のうにょんとしているスライムの前にしゃがみ込んで、シーラは手のひらをかざして治癒魔法を使う。

「《ヒーリング》」

温かな光がスライムを包み込み、みるみるうちに傷が回復して元気になった。

「気を付けるんだよ」

その姿にほっとして、スライムを草原の方に逃がしてあげる。

「でもあのスライム、気持ち大きくなってたような？」

ぽよぽよ跳ねながら草原へ消えたスライムを見て、首を傾《かし》げる。

いつも自分が目にしていたスライムは、もう少し小さかったような気がしたのだ。

「まぁいいか、スライムだって全部同じ大きさっていうわけでもないし」

きっちり同じサイズだったら、逆に怖い。

さて。スライム助けという良い行いもしたし――いざ、魔の森へ突入だ！

「っと、その前に……」

外套についているフードを被《かぶ》る。

「よしっ、これで大丈夫。虫が降ってきたら怖いもんね」

これだけは何があっても忘れてはいけない必需品だ。なぜならば、森の中には虫が多い。もしも木の上から落ちてこようものならば、たまったものではない。

シーラが『常夜の森』に足を踏み入れると、一瞬でぞわりとした嫌な気配に襲われる。

間違いなく、草原にいる魔物より段違いに強い存在が支配しているのだろう。魔物の集団出ないよね？　なんて考えが脳裏に浮かぶ。

「いや、私だってこの森の魔物を倒したことあるし！　大丈夫!!」

怖い怖いとは思っているが、シーラの村とこの森は案外近いのだ。もちろん、ここへ来たのだって初めてではない。

大丈夫だと自分に言い聞かせ、森の中を進む。

それからしばらく歩いていくと、やたらと木の根が地上に飛び出しているエリアに入った。太い根に苔が生えているため、滑りやすくなっている。

「うぉっと!?」

慎重に歩いていたつもりのシーラだったが、うっかり根の部分を踏んで、ずるりと前のめりに滑ってしまった。咄嗟《とっさ》に手をつき、地面に倒れ込むことだけは回避する。

「いたた……」

地面に手をついて体を庇《かば》ったため、手のひらにかすり傷ができてしまった。

けれど、そんなものがシーラの体に存在するのなんて瞬き一回分にも相当しないほどの間だ。

すぐ何事もなかったかのように、手のひらにできた傷は痕も残らず消えてしまう。

シーラの体は、村人たちが飲料水だと思って飲んでいたエリクサーのおかげで自己治癒能力がとても高い。そのため、ちょっとした怪我《けが》であれば一瞬で治癒してしまうのだ。

「注意して歩いてたのになぁ……」

そのため、シーラは自分が怪我をしたことよりも転んでしまったことにへこむ。

「いや、弱気になったら駄目だよね！」

ここで意地を見せねば女が廃《すた》る。

気を取り直したシーラはすぐに立ち上がって、再び森を抜けるために歩き出そうと一歩を踏み出す。

「ようし、とりあえず楽しいことを考えながら進んで――」

ガサガサっ！

「うひゃうっ!?　何!?　魔物!?　敵!?」

突然、進もうと思っていた方向の草が揺れて変な声が出てしまった。ついでに肩も盛大に跳ねて、動揺がシーラの体全体に現れている。

――大丈夫、怖くない!!

魔物だってちゃんと倒せるはずだし、逃げ足にはかなり自信がある。

キッと茂みを睨《にら》みつけ、いつでも魔法を撃てるように手を前に突き出していたのだが――現れたのは、腕に怪我をした男だった。

二人とも、互いを警戒していたのだろう。眼前に現れた予想外の姿を見て、息を呑《の》む。

しばしぽかんと言葉を失ってから、二人同時に口を開いた。

「え、人間……？」

「は？　なんでこんなところに女の子が……」

思うところは、同じだったらしい。


シーラの前に現れたのは、ツーブロックに赤いメッシュが入った短髪の男だった。年齢は二十代前半くらいで、背もシーラと比べるとずっと高い。

鍛えられた体はたくましいと思うけれど――最初に目に入った腕以外も、どこもかしこも、傷だらけだった。

装備もところどころ傷んでいて、大きな戦闘をしたことをにおわせる。


「だ、誰……？」

――あ、怪しいっ！

魔物じゃなくて安心したけれど、この人間が悪い奴《やつ》だと状況は悪化する。強い魔物が生息する森を一人で歩けるのだから、かなり強いのだろう。

シーラが怯《おび》えていると判断したのか、男は手に持っていた短剣を腰の鞘《さや》に戻す。両手を上げて、争う気はないと態度で示した。

「俺はクラース。怪しいもんじゃねぇ。……薬草が必要で、探してたんだよ」

「え、薬草？」

「仲間が怪我をしちまってな、動けないんだ」

「！」

クラースの言葉を聞き、シーラは素直に大変だと思った。自己治癒で回復しないほどの傷は、放っておいたら死に繋《つな》がってしまうからだ。

考え込むシーラを訝《いぶか》しんだのか、クラースは疑問を口にする。

「ここら辺に街や村はなかったはずだが……お前さんは？」

「私はシーラ。村を出て、都会に行こうと旅を始めたところなの」

――ついさっき。

「シーラ、ね。……こんな場所で？」

街への通り道になるような場所じゃないぞとクラースが言うが、余計なお世話だ。村なんてないはずだから、嘘《うそ》をつくなということだろうか。

とはいえ、本当に仲間が重傷ならば悠長に話をしている場合でもないだろう。

――薬草、持ってるんだよね。

しかも村で育てた、とびきり上質の薬草だ。

都会に行ったら何かと交換してもらおうと思っていたので、数もそれなりにある。

加えて、調合して作ったハイ・エリクサーも五本。これはどんな重傷も、腕がちぎれても、死んでさえいなければすべてを復元してくれる奇跡のポーションだ。

薬草ならあげてもいいけれど、先立つものがこれしかないためぽんと渡すのも憚《はばか》られる。

そもそも、その仲間にシーラが治癒魔法を使うこともできる。それであれば、薬草を消費する必要もない。よほど酷《ひど》い怪我でなければ、治せる可能性は高い。

「仲間に治癒魔法を使える人はいないの？」

「いや、いる。この世界で一番の腕前とされる、とびきりの治癒魔法使いが」

「え、そうなの？　すごい……」

クラースの言葉を聞き、シーラは素直に驚いた。

この世界で一番の治癒魔法使いとは、いったいどれほどのものなのだろう。なくなってしまった体の部位や臓器はもちろん、死後一週間程度ならば蘇生も可能なのではないだろうか。

――世の中にはすごい人がいるんだね。

しかしそれだと、シーラごときの治癒魔法では役に立たないだろう。

おそらく、治癒魔法の回復促進などを補助するために薬草を必要としているはずだ。シーラの持つ上質な薬草ならば、きっと役に立つ。

――私の治癒魔法で助けてあげられたらよかったんだけど……。

残念なことに、シーラの治癒魔法の腕前は……そんなによくはないのだ。村のみんなは切り落とされた腕も繋げるけれど、シーラはせめて皮一枚で繋がっていなければ治せない。

自分の傷は別だけれど、どうにもシーラは治癒魔法があまり得意ではなかった。

——だから、みんな旅に出るのに反対したんだよね。

シーラ自身が弱いわけではないが、ほかの村人が圧倒的に強いため自分の存在が霞《かす》んでしまうのだ。

とにもかくにも、今は怪我をしてしまったらしい仲間と薬草をどうするのかが先決だろう。

どうしたものかと考え、すぐに閃《ひらめ》く。

「ねぇ」

「ん？」

「薬草なら持ってる。あげてもいいけど、そのかわり……都会までの道を教えてくれない？」

「…………やっぱり迷子か」

「違う」

断じて。

シーラの村には、地図がなかった。

百年に一人いればいい程度の確率で、森を抜けた旅人が偶然辿り着くような村だ。

その人たちから得た情報で、森を抜けた先に大きな街があるということは知っていた。

だから決して、迷ったわけではないのだ。

なぜなら、元々道を知らなかったのだから……。


「まあ、そんなことでいいなら教えてやるよ」

「本当？　よかった！」

薬草がもらえるなら、王都までの道を教えるとクラースが言う。シーラはほっと胸を撫《な》でおろし、笑顔でお礼を伝えた。


雑談をしながら、シーラとクラースの二人は森の中を歩く。会話の内容は、シーラが憧れる都会についてだ。都会を知っているクラースに、いろいろ聞いている。

「都会って、すっごく人が多いんだよね？」

「お、おお。確かに人は多いな」

「千人以上も暮らしてるって、おばば様に聞いたことがある！」

「……？」

笑顔で話すシーラの言葉に、クラースの脳が一瞬停止する。

王都に行けば、数万の人間が暮らしているのだ。千人なんて、どこかその辺の街か少し大きな村というレベルだろう。

クラースはシーラを憐《あわ》れむように見て、よっぽどの田舎から出てきたのだろうと決めつける。

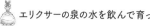

「そうだ、クラースさんの怪我を先に治した方がいいんじゃないの？」

「俺は鍛えてるから、別にこのままでいいんだよ」

「ふうん……？」

心配してクラースの怪我のことを聞くも、問題ないと返される。まあ本人がそう言うならばいいけれど、見ているシーラからすれば痛々しいので早く治してもらいたい。

――でも、本人が拒否してるのに無理やりってのもね……。

きっとすぐに自己治癒するだろうと結論づけ、シーラは話題を変える。

「ちなみに、どれくらいで都会に着くの？」

続いての質問に、クラースは困った。

見た通りであれば、シーラはどちらかといえば軽装の部類に入るし、そこまでお金を持っているようにも見えない。

一人で王都まで行けるのか？　という疑問が、まずクラースの頭に浮かんでしまったのも仕方がないことだろう。

「え？　うーんと、歩きでか？」

「歩きの予定だけど、遠いのかな？」

「そりゃ遠いさ。ここは地図でも端だからなぁ……んー」

「そっかぁ……」

自由気ままな旅なので、シーラはあまり深く考えていなかった。

困惑しているクラースの顔を見て、一週間以上は歩かないといけないか……と、シーラは覚悟を決めようとする。

だが、現実はひどく残酷だ。

「女の子の足だろ？　それだと、一ヶ月、いや……数ヶ月以上はかかるんじゃないか？」

「えっ！　そんなに!?」

まったく予想していなかった日数に、目が飛び出るのではないかというくらい驚く。週なんていう可愛らしい単位は登場すらしなかった。

シーラは自分の鞄を見て、失敗したと思う。保存食こそ持ってきてはいるけれど、大事に食べても一週間ちょっとしか持たないだろう。

「もしかして、この森を抜けるのって大変なの？」

だから予想以上に時間がかかってしまうのだろうかと思い、クラースに問いかける。

「この森って軽く言ってくれるけどな……ここは、世界で一番魔物が強い森だ。俺たちが森を抜けるのだって、最低でも十日はかかる」

「え？」

答えを聞いてあっけにとられるシーラを見て、何を言っているんだとクラースが呆《あき》れる。

しかし、それはシーラだって同様だ。

この森の魔物が、世界で一番強い？

そんなこと、あるはずがない。

——だって、村の人たちはこの森で成人の儀をするよ?

村人もこの森には強い魔物が生息しているため滅多に足を踏み入れないが、まったく入らないというわけではない。

十五歳になったら、成人の証《あかし》に一人でこの森へ入り魔物を狩るという風習もある。

だから強い魔物がいるとは思っていても、世界で一番——と言われるのは、なんだかしっくりこないのだ。

シーラはちらりとクラースを見て、魔物が強いのではなくクラースが弱いのかも……なんて、失礼なことを考えてしまう。

「っと、少し日が落ちてきたな。シーラ、歩くスピードを上げても平気か?」

「うん」

クラースの言葉に頷き、仲間が野営をしているという場所まで急いだ。


薄暗い森の中を、三十分ほど歩いただろうか。

森の中心部へ近づくにつれて、幻想的な風景が広がっていく。苔の上には綺麗《きれい》な色の蝶《ちょう》がとまり、茂みの奥には大型の動物や魔物が見える。

いつ魔物に襲われるかとびくびくしていたシーラだったが、幸い襲われることなくクラースの野営場所へ辿り着いた。

そこは少し開けた場所で、薄緑色のテントが二つ張られていた。テントは厚手の革でできており、嵐がきても耐えてくれそうなしっかりとした作りだ。

手前には焚火《たきび》があり、切り株を椅子にして女の子が一人で火の番をしている。元気そうな様子を見るに、怪我をして苦しんでいる仲間はテントの中にいるのだろう。

「クラース、おかえりなさい。……その子は？」

歩く音に気づき、女の子がシーラたちの方を振り返る。薬草を探しに行った仲間がいきなり少女を連れ帰ってきたからだろう、怪訝《けげん》な目でクラースを見た。

「おう。森の中で会って、薬草をもらえることになったんだ」

「……そうなの？　こんな魔の森に女の子がいるなんて、驚きました」

女の子は座っていた切り株から立ち上がって、シーラの前までやってきた。

「初めまして、シーラです。薬草をあげるかわりに、都会までの道を教えてもらう約束なの」

「こちらこそ初めまして。わたくしは、ルピカ・ノルドヴァル。魔法使いです」

ルピカはローブの裾をつまみあげ、優雅に礼をする。

――うわぁ、綺麗な子……！

綺麗な蜂蜜色の髪を一束に結び、前にながしている。紫色の瞳と同じ色の宝石が付いた杖《つえ》を持ち、繊細なレースで作られたローブには、魔法具だとわかる上品な装飾品。

魔法使いだということが一目でわかった。

歳はシーラと同じくらいだろうか。凛《りん》とした表情からは、かなり厳しく躾《しつ》けられているのだろうと想像することができる。

その丁寧な仕草を見てシーラも改めて挨拶を真似《まね》てみるが、上手くいかずぎこちない会釈になってしまった。

都会の女の子はみんな大人びているようで、仲良くできるのだろうかと不安がよぎる。

そんなシーラの心配をよそに、ルピカは「都会までの道？」と驚きと心配のまじった声をあげた。

「王都のことですよね？　ここからあなたが一人で行くには、遠すぎると思います」

「だよなあ」

「あうぅ……」

先ほどのクラースと同じ反応をされ、シーラは肩を落とす。

こんな森の中、少女であるシーラを一人にさせてしまっては危険だろうと考えるが……ルピカたちにも動けない理由があるのだ。

「わたくしたちが連れていってあげられたらいいのだけど……まだ、アルフの怪我がよくならなくて。しばらくの間、ここから動くのは無理なんです」

後ろにあるテントを見て告げるルピカに、シーラは「そこまではさすがに」と首を振る。そして、怪我をしているという仲間について尋ねる。

「アルフさんって……怪我をしてる仲間の人ですよね？　薬草、これを使ってください」

鞄の中から薬草を一束取り出して、隣にいるクラースへと渡す。

「サンキュ」

これで都会――王都までの道を知ることができる。

しかしまずは、薬草を使ってもらい落ち着いてからだろう。シーラの旅は急ぐものではないので、ゆっくりでいいのだ。

しかしシーラには、それよりも疑問に思っていることがあった。

「クラースさんのかすり傷、先に治療した方がいいんじゃない？　腕の怪我をずっとそのままなんて、痛そう」

先ほど歩いているときも告げたが、クラースの怪我は痛々しい。いくらなんでも、こんなに放置するなんておかしいとシーラは疑問に思う。

「俺は別にいいんだよ、すぐ治る」

「すぐ……？」

シーラが心配そうにクラースを見るが、やはり大丈夫だからと首を振られてしまう。その言葉を聞き、シーラは怪訝な表情になる。

クラースが言っていることは、おかしい。

――出会ってから一時間くらい経ってるけど、全然怪我が治ってないよ？

それは『すぐ』とは言えないいんじゃないだろうか。

シーラはう～んと首を傾げる。

というか。

――あの程度のかすり傷なら、すぐ治るよね？

なんでまだ治ってないのだろうと、シーラはさらに首を傾げる。もし同じような怪我をシーラがした場合は、本当に一瞬……あっという間に治ってしまうのに。

クラースにも何かすぐ怪我が治らない理由があるのだろうと思い、シーラはあえて追及はしなかった。

もちろん、すぐに怪我が治ってしまうシーラが特殊なだけだけれど……彼女はまだ、そのとんでもない事実に気づいていないのだった。

「よし、薬草を渡してくる」

「お願いね」

クラースが薬草を持ってテントに入るのを見送り、ルピカはシーラの方を向く。

「座って……と言っても、石か切り株しかありませんが」

「いえ、ありがとうございます」

ルピカは鞄の中からティーポットとティーカップを取り出すと、焚火にかけていたヤカンに入っていたお湯をティーポットに注ぐ。茶葉の香りが鼻をくすぐり、その中身が紅茶だとわかる。

「わ、いい香り」

「でしょう？　わたくしのお気に入りなんです。気に入ってもらえたら嬉《うれ》しいです」

ティーポットから紅茶を入れて、ルピカはシーラにティーカップを差し出す。

「ありがとう」

ルピカからティーカップを受け取り、石の上に座る。ふうふう冷ましてから一口飲むと、体の内側からじんわり温められるのがわかる。

村からずっと歩いて来たため、かなり疲れていたのだろう。

ルピカはティーセットに続き、鞄からクッキーを取り出して机代わりの切り株に置く。可愛らしい動物の形をしたアイシングクッキーだ。

「森の中を歩いていたのなら、さぞ疲れたと思います。ティータイムにして、まずは落ち着きましょう」

「はい」

ルピカはそう言って微笑《ほほえ》むが、その視線はすぐ心配そうにテントへ移る。

よほど酷い怪我なのだろうとシーラは想像し、自分まで痛みを感じてしまいそうだ。「早くよくなるといいね」と告げることしかできない。

ルピカは頷き、自分を落ち着かせるように紅茶を口に含んだ。

「……ありがとう、シーラさん。これでアルフがよくなるといいのですが……」

「そんなに重傷なんですか？」

「はい。マリアが診ているんですが、なかなか回復しなくて」

「マリアさんって、すごい治癒魔法の使い手ですよね？　さっき、クラースさんがそう言ってました」

「クラースったら……」

シーラの言葉を聞き、ルピカは苦笑する。

「……すごいというか、最高峰でしょうか。けれど……今はアルフの怪我を治せていませんから、その呼び名が逆に悔しくて悔しくて仕方がないはずです」

「あ……ごめんなさい、私ったら」

「いいんです、気にしないでください」

――私の治癒魔法がもっと万能だったらよかったのに。

そうしたら、きっと治療の手伝いを申し出ることもできたはずだ。シーラの腕前はほかの村人に比べると未熟すぎるので、自分も診ましょうか……とは、さすがに言えなかった。

「マリアは聖女なんです。神に与えられた神聖な魔法と、治癒の力を持っています」

「聖女!?　それ、小さい頃に絵本で読んでもらった！　お伽噺《とぎばなし》の登場人物だと思ってたけど、そうじゃなかったんだ……」

「ふふ、聖女は実在するんですよ」

ルピカの言葉を聞いて、シーラは心底ほっとした。

――治癒魔法、少し使えるよ！　なんて言わなくて本当によかった!!

そんな人と自分を比べるのは、おこがましいにもほどがある。

「それなら、アルフさんの怪我もすぐによくなりそうですね」

「ええ、きっと。マリアなら、絶対に治してくれるって信じていますから」

だから今はただ、この場所を魔物から守りながら待つだけなのだとルピカは言う。

「そうだったんですね」

この森は強い魔物が出るため、守ると一言で済ませてはいるが大変なことだ。聖女だけでなく、きっとこのパーティ自体がすごいのだろうとシーラは感心する。

「あ、クッキーいただきます！」

「どうぞ」

用意されたクッキーを食べようとして、シーラは手を伸ばす。しかしそのはずみで、被っていたフードがぱさりとめくれてシーラの長い耳があらわになる。

「――っ！」

それを見たルピカは、綺麗な目を大きく見開き息を呑んだ。

けれどシーラは、そんなルピカの様子には気づかない。猫の形をしたアイシングクッキーをぱくりと食べて、その甘さに顔をとろけさせている。

「おっと。虫が多いから被ってたけど、ここならフードはなくて平気かな？　あ、クッキーとっても美味《おい》しいです!!」

森を歩いて疲れた体に、クッキーの美味しさと紅茶の温かさでエネルギーの補給をする。

――ああ、幸せ。

しかしふと、ありえないという驚きの表情で自分を見ているルピカに気づく。特に驚くようなことはなかったけれどと、首を傾げる。

「えっと、ルピカさん？」

「シーラさん、その耳って……あなたエルフだったんですか⁉　そっちこそ、お伽噺の登場人物じゃないですか‼」

大人しそうなルピカの大声が、森にこだましたのだった。

第二話　治癒魔法のスペシャリスト？

エルフとは、自然に愛され膨大な魔力を持つ種族だといわれている。

遥《はる》か昔はその存在もよく見かけられていたらしいが、近年では姿をまったく確認できなくなっている。ルピカのように、お伽噺《とぎばなし》の存在だと思っている人間が大半なのだ。

しかしそれは、エルフのことをよく知らない人間たちによって広められた、根も葉もない言い伝えだ。

村人たちが普通の水だと思い日常生活で飲み、使用していた泉の水が――実は伝説のエリクサーだったという事実が根本にある。

世界の端で、ひっそり湧き出ていたエリクサーの泉。

その場所にあったのが、シーラの生まれ育った名もなき村だ。エリクサーを飲んで育った人間は、その効果を存分に発揮できるよう進化した姿。

それが、エルフなのだ。

今となってはそれを記した文献も、その事実を知る人間もいないけれど……。

大人しそうなルピカがあげた大きな声に、シーラは慌てる。

自分のような長い耳を持つ……エルフと呼ばれる人間がそんなにも珍しいだろうか。シーラの村に住んでいるのは、全員がエルフなのだ。

「そんなに珍しいかなぁ？」

「珍しいなんて、簡単な言葉で片付けられるものではないです……シーラさん」

シーラは耳を触りながら、苦笑する。

「でも、耳が長いだけで……ほかは特に変わったところもないよ？」

「そうなんですか？　エルフといえば、その……治癒魔法のスペシャリストだと古い文献で読んだことがあります。もしかして、シーラさんも？」

「あー……」

おずおずと尋ねるルピカに、シーラは口ごもる。

自分の仲間が怪我《けが》をして大変なのだから、治癒魔法を使える人がいるならば助けを求めてしまうのは仕方がない。

シーラは苦笑しながらも、「一応、使えるんだけど……」と答える。

「ただ、私は村の中でもあまり治癒魔法が得意な方じゃなくて。だから、すごい聖女さんが診てあげてるなら、私にできることはないと思う」

「すみません、わたくし……」

「気にしないで」

確かに……エルフという理由だけで、世界最強の治癒魔法使い！　そう思われてしまうのは、治癒魔法が苦手なシーラとしてはたまったものではない。

けれど、仲間を助けたいからこそ、藁《わら》にも縋《すが》る思いで聞いたのだろうとシーラは考える。それに不快感を示すほど、シーラは子供ではない。

だからこそ、自分も兄姉《きょうだい》たちのように上手く治癒魔法を使えたら、と思う。

――お姉ちゃんなんて、心臓が止まってても五分以内なら治癒魔法で蘇生させちゃうもんね。

シーラには、どうあがいても無理な話だ。

もちろん、本格的に治癒魔法の修行をすれば話は別かもしれないけれど。

「でも、治癒魔法を使えるだけでもすごいことですから。……シーラさん、今まで王都に行ったことは？」

「ないです。というか、村から出て遠出をするのも初めてで」

だから何も知らないんですと、シーラは素直に告げる。

「そうだったんですか。……なら、その耳は隠した方がいいと思います」

「あ、そうか……王都ではフードを被《かぶ》っておきます」

今のルピカの反応を見れば、耳を出しておかない方がいいことくらいは想像ができる。フードを被り続けるのは窮屈だけれど、物珍し気にずっと見続けられるのはもっと嫌だ。

シーラは自由に世界を見て回りたいのであって、わーわーと騒がれ、見世物にされたいわけではないのだから。

「はい。もしくは、帽子でもいいかもしれないですね」

「そうですね。都会……王都に行ったら、可愛《かわい》い洋服もほしいです！」

「シーラさんは可愛らしいから、似合うドレスもたくさんあると思います。そのときは、ぜひわたくしにコーディネートさせてくださいね？」

「本当ですか？　嬉《うれ》しい！　ドレスって、お姫様が着ている服ですよね？　楽しみです」

ルピカの提案に、シーラは嬉しそうに微笑《ほほえ》む。

都会でお洒落《しゃれ》、この言葉にときめかないはずがない。

しかしそれを実現させるには……薬草がどれくらいあればいいだろうかと、シーラは頭を悩ませる。

村で洋服作りが得意な人に一着作ってもらうには、材料の綿を摘み、動物を狩り、お礼に薬草を大量に渡したりしていた。完璧に自給自足と物々交換だ。

シーラが村を出るときに持ってきた薬草は、三〇束。

クラースに一束あげたので、残りは二九束だ。それで足りるか不安になる。……最悪、ハイ・エリクサーと交換してもらう必要があるかもしれない。

悩みながら、「たくさん手に入れるのは難しいかも……」とシーラが呟《つぶや》く。すると、それを聞いたルピカが「大丈夫ですよ」と微笑む。

「治癒魔法を使える人は、とても少ないんです。けれど冒険を生業《なりわい》にしている人が多く、怪我人が絶えません。治癒魔法が使えるのなら、どこに行っても仕事に困らないと思います」

「本当？　よかった！　手持ちの薬草が少ししかないから、ちょっと不安だったの」

どこでもすぐに働けるというのは、旅をする上でとても大事だ。

その日のご飯に困ることはなさそうだと思い、シーラはほっとする。しかしそんなシーラとは反対に、ルピカはまたも驚いて声をあげる。

「え、えっ!? そんな大切な薬草をいただいてしまったんですか!? しかも王都までの道を教えるのと引き換えに!?」

「あ、はい……」

薬草と引き換えに道を教えてもらえるのなら、かなり助かるとシーラは思っている。なので、そんなに気にすることはないのにと苦笑する。

シーラの現状を知ったルピカは、クラースとの約束だけでは足りないと判断して条件の追加を申し出た。

「王都に行くのでしたら、お金だって多いにこしたことはありません。追加のお礼として、薬草の代金も支払わせてください」

「?」

「お金は多くても困らないでしょう?」

――お金?

ルピカの言葉を聞いて、シーラは首を傾《かし》げる。

それもそのはず。彼女の村の周りには、ほかの村も、もちろん町もない。そのため、今も物々交換という風習なのだが……その事実をルピカも知りはしないし、シーラも疑問には思っていないのだ。

シーラは王都に行ったら、薬草と洋服を物々交換してもらおうと思っているのだから。

お金について問いかけようとしたところで、テントからクラースが出てきた。

「シーラ、あの薬草……かなりいいものだったみたいだな。マリアが感謝してた。よろしく伝えてくれって」

「そうですか？　ならよかった」

クラースの言葉に喜び、シーラはほっとした。

薬草は治癒魔法の回復促進など、補助の役割として使うこともできる。自分の薬草が役に立ってくれてよかった。

シーラの隣で、ルピカも安堵《あんど》している。

「怪我はまだ酷い？　せめて、アルフの意識が戻ればいいんですけど」

「ああ。なにせ、魔王を倒したときにつけられた傷だ。簡単によくはならないだろう」

「そうね……」

薬草があっても、すぐに治るような生易しい傷ではないとクラースが告げる。

深刻な二人の様子に、シーラは黙る。

いつまでも自分がこんなところにいて、いいのだろうか？　役に立たないので、そうそうに道を聞いておいとました方がいいんじゃないかと考えてしまう。

――というか、魔王って何？

それこそ、お伽噺の存在かと思っていた。

シーラの住む村は平和だし、今の世界にそんな悪の親玉みたいなものがいるとは考えもしなかった。

どちらかといえば、この森は村から近い方だろう。しかし、魔王がいるなんて今まで聞いたことはない。

――魔王にやられた傷だったら、確かに治すのは大変そう。

どれだけ酷いのか、シーラには想像もつかない。

もしかして、体の原形が留められていないのかもしれない。下半身が全部吹っ飛んで上半身しかないとか、心臓だけしか残っていないとか。

そりゃあ、さすがの聖女様でもすぐに治せないのも頷《うなず》ける。

自分の姉でも、そこまで酷い怪我だと治せないかもしれない。

村のおばば様であれば治せそうだけれど、そもそも村人たちはそこまで重傷を負ったことがないからわからない。

真剣に悩み始めてしまったシーラに、クラースが明るく声をかける。

「まあ、夕飯にするか。もう夜になるから、シーラも一緒にどうだ？　寝るときはテントも使っていいぞ」

「え、いいの⁉　それはすっごーく助かる‼　ありがとう〜！」

「おう。貴重な薬草をもらったんだ、これくらい構わないさ。テントもルピカと一緒だから、安心だろう？」

夜に一人というのは多少心細さもあったので、シーラはお言葉に甘えることにした。


ごろごろした具材の入った温かいスープに、分厚いステーキ。

今日の料理当番はクラースだったようで、男らしい料理が食卓にならんだ。村を出てからずっと歩いていたため、シーラは腹ぺこだ。

クラースが料理を取り分け、シーラはそれを受け取る。美味《おい》しそうな香りで、とても食欲をそそられる。

「ほらよ、美味《うま》いぞ」

「ありがとう！」

しかしシーラがお皿を受け取ってすぐ、ルピカが慌ててそれを止めようとした。

「ああっ！　クラース‼」

「ん？」

ルピカの慌てた様子を見て、シーラとクラースはどうしたのかと首を傾げる。すると、「え？いいんですか？」と、逆にルピカが首を傾げ返した。

「いやいや、夕飯に誘っといてシーラにご馳走《ちそう》しないってのは……」

「そうじゃないです！」

お前、育ちがいいくせにそんなみみっちいことを言うのか？　と、クラースの顔に書いてあるように見える。

ルピカは慌てて首を振り、「違います！」と再度否定する。

料理を手に持ったシーラを見て、「お肉です」と告げた。

「シーラさん、お肉は食べられるんですか？　その、ベジタリアンでしたら、お肉以外のものを用意します。遠慮しないで言ってください」

「え？」

「まじか、そうなのか？」

ルピカの言葉に、シーラとクラースは驚き同時に声をあげる。クラースは「悪いことをしたな」と頭をかいて謝罪するが、シーラは訳がわからずきょとんとしたままだ。

「…………？」

——お肉が食べられないなんて、言ってないのに。

どうしてルピカはそんな勘違いをしているんだろうか。

肉が食べられないという事実はないし、むしろ栄養満点なので肉は好きな部類だ。なぜ食べられないかもしれないなんて、そんなことを思ったのだろうか。

すると、ルピカがシーラの隣に移動してきた。クラースに聞こえないように、こっそり耳打ちで理由を教えてくれた。

「シーラさん、エルフでしょう？　その、エルフは森と共に生きるゆえに肉を食さない……と、聞いたことがあるんですが……」

「うそっ⁉　全然、そんなことないよ。みんなお肉大好きだもん」

「そ、そうなんですか⁉　それはなんというか、大発見です」

「大発見って……」

ルピカの物言いに、思わず苦笑してしまう。

シーラが住んでいた村には、なんの規則もなかった。

お酒を飲んでの宴会もするし、大きな獲物を獲《と》ったらみんなで焼いて食べる。むしろ、シーラの村に肉が嫌いな人は存在しない。

森の恵みに感謝して、残さずいただくのだ。

「なんだ、二人してこそこそと……って、シーラお前、耳長ぇな」

「‼」

「あ、フード被るの忘れてた」

今更だが、シーラは下ろしていたフードを被る。

それを見たルピカは、せっかくお肉のことをこっそり伝えたのに……と、すっかり目印である耳を隠させることを忘れてしまっていて項垂《うなだ》れる。

とはいえ、相手はその手の話に疎そうなクラースだ。おそらくシーラがエルフだとばれることはないとルピカは考える。

「なんだ、気にしてたのか？　悪ぃ、言わないからここではあんま気にすんな」

「ありがと」

ルピカの予想した通り、クラースはシーラがエルフだという考えに至らなかった。今では存在しないとまで言われているエルフなので、ぱっと思い浮かばなくてもまぁ……お察しの通りである。

「とりあえず、俺はマリアにスープ運んでくる。その後はこのまま見張りもするから、二人はゆっくり休めよ」

「ええ。ありがとう、クラース」

スープを持ってテントへ消えるクラースを見送って、シーラとルピカは夕食にありついたのだった。


クラースが食事を終えてから、シーラとルピカは休むためにテントへ入る。

遠目だとわからなかったが、近くで見たテントは細やかな刺繍《ししゅう》が施されていた。こんな素敵なテントは初めてで、思わず間近でじっくり観察してしまったほどだ。

中へ入ると、さらに驚く。

「うわ、すごい……見たことないものがいっぱい」

「そう？　好きに見ていいですよ」

予想していたより広い室内に、シーラは開いた口がふさがらない。

入ってすぐのところは靴を脱ぐスペースになっていて、ふわふわのラグが敷いてある。思わずしゃがみ手で撫《な》でて、そのふわふわ具合を確かめる。

その上に置かれているクッションを抱きしめると、とても柔らかい。布が朱色に染められていて、見た目も華やかだ。

「ふわぁ、ふわふわ。村にはこんなふわふわなもの、ないのに。生地も麻だから、結構ごわごわしてるし……」

――こんな素敵なもの、村にはなかった。

シーラの都会への憧れが、いっそう増していく。

ぎゅっとクッションを抱きしめて、頬ずりする。

「それに、靴を脱ぐっていうのも初めて。家の中でも、靴を脱ぐことはなかったから」

「わたくしたちは戦うことが多いから、休むときは靴を脱いでマッサージして、足を休ませるんです。シーラさん、ここに座ってください」

「？」

ルピカが示したのは、二人掛けのソファ。

クッションを持ったまま腰かけると、頷いたルピカが隅に置いてあったタライを持ってきた。

「タライ？」

「そう。足を入れて……よし、《ウォーター》！」

ルピカが魔法を使い、タライに水――ではなく、お湯をはる。

「うはーっ、気持ちぃぃぃ」

村を旅立ち、今日一日ずっと歩きっぱなしだった足が温まってとても気持ちいい。ふにゃりと表情を緩めて、シーラは心地よさに包まれる。

そんな姿を見て笑い、ルピカはシーラの足をゆっくりとマッサージしていく。

「わ、ルピカさん！　そんなこと……っ！」

たくさん歩いたので、足は汚れている。慌てて止めようとするが、ルピカは気にせず手を動かしていく。

「大丈夫です。足のマッサージって、気持ちいいでしょう？」

「な、なるほどぉ……ふぉっ!?」

「ちなみに、足にはツボっていうものがあるんです。痛いところがあると、きっと体が悪いんですけど――」

「くすぐったいだけで、痛みはまったくないですね」

痛みはなく、不思議な心地よさとわずかなくすぐったさがシーラを支配するだけだ。

ルピカはグリグリと容赦なくシーラの足裏のツボを押すが、どれもシーラは痛くないらしい。

健康という証拠かもしれないが、珍しい。

「すごいですね、普通はどこかしらが痛いはずなんですけど……」

ツボを押してまったく痛くない人なんて、初めて見たとルピカが驚く。

そして同時に、ルピカに湧きあがる少しのいたずら心。

「………」

「ぴゃっ!?　やだ、くすぐった……あはははっ！」

ツボが効かないのであれば、いっそくすぐってしまえ！

そう結論付けたルピカが、こちょこちょとシーラの足裏をくすぐる。ツボは効かなかったけれど、くすぐりは効果絶大だった。

「シーラさん、可愛い」

「やだやだ、駄目、くすぐったすぎて、もう……っ!!」

「ごめんなさい、そんなつもりはなかったんですけど……シーラさんの反応が可愛すぎて」

もっとくすぐりたいです、なんてルピカが容赦のないことを言う。

「駄目、だめぇ……ひゃっ！」

悶《もだ》えるシーラを見て、ルピカはどんどん楽しくなってくる。

思う存分くすぐった後には、二人ともがぐったりとしていた。

「はぁ、はぁ……」

「ごめんなさい、止まらなくて」

「うぅ、いつかルピカさんにもやり返してあげるから！」

シーラは涙目になって、ソファに沈み込んだ。

だってシーラの反応が可愛いからつい楽しくて……とは、ルピカ談。

第三話　重傷の勇者

静寂に包まれた夜の森、わずかに聞こえるのは夜行性の鳥の魔物が低く鳴く声。そんななか、シーラは眠れずにいた。

ルピカと一緒にふわふわの布団にくるまれて、本来であれば幸せなまどろみを体験していてもおかしくはない。

――こんな柔らかい布団は初めてなんだもん！

そう、シーラは慣れない柔らかさに緊張して眠れなかった。

なんとも笑ってしまうけれど、村にはこんな謎のふわふわした寝具は存在しなかった。麻のちょっとごわっとしたものか、綿から作ったつるっとした肌触りのものがほとんどだ。

隣を見ると、ナイトキャップをつけたルピカが気持ちよさそうに寝ている。先ほどまでシーラの足をくすぐっていたため、笑い疲れて心地よく眠れているのだろう。

シーラは自分にかかっている布団をもふもふして、その感触を確かめる。

「気持ちよくて好きではあるんだけど……」

いかんせん、慣れない。

慣れたら幸せだろうから、王都に行ったら絶対ゲットしようと思うシーラだ。

「目が覚める」

むぅ。目をつぶっても、睡魔がこない。

体は疲れているはずなので、旅立ったことによる高いテンションが維持されたままで興奮しているんだろうということがわかる。

子供みたい……と思うシーラだが、実際十五歳の女の子だから仕方がない。


シーラはこっそり布団を抜け出して、外の風にあたることにした。

今シーラがいるこのテントは、リビングの役割を果たしているメインルームのほかに、二つの部屋が存在する。

外観から予想するよりも中が広すぎるよね⁉　そう驚いたシーラに、ルピカが魔法アイテムだということを教えてくれた。

テント内に存在しているものに関しては、そのまま持ち運びが可能だというから驚きだ。

シーラも旅をするうえでもちろんほしいと思ったが、とても稀少《きしょう》で高級なため伝手《つて》がないと入手できないのだと聞きがっかりした。

二つある部屋のうち一つは、今までシーラとルピカが寝ていた寝室。

もう一つは聖女マリアの寝室で、今はアルフの治療を行うために使っている。

クラースとアルフの寝室は、隣のテントにあるのだという。男女でわけているため、テントを二つ用意しているのだ。

――マリアさん、大丈夫かな？

リビングルームから奥へ続く部屋の入り口を見て、心配になる。

夕飯はクラースの持っていったスープだけだったはずだ。過度の治癒魔法は体に疲れも溜《た》まるため、怪我《けが》をしている人もそうだけれど、マリアのことも心配になる。

「……そうだ！」

シーラはリビングに置いていた自分の鞄《かばん》を覗《のぞ》き込み、水筒と薬草と蜂蜜、姉の持たせてくれた金平糖を取り出す。道具として使う小さなトンカチとすり鉢。

「薬草はこのまま使うと苦いから、お姉ちゃん特製の金平糖と一緒にすりつぶせばオッケーと」

金平糖を袋に入れ、小さなトンカチで何度かコンコンと叩《たた》きつける。袋の中で割れたのを確認し、粉々になった金平糖をすり鉢に出す。

そこに薬草を入れて、擂《す》り合わせる。

かなりの力任せに見えるけれど、これで作るポーションもどきはかなり効目がいい。

シーラの密《ひそ》かな自慢の品ではあるが、実は姉の金平糖にたっぷり薬草やら魔力回復効果が含まれているのでその恩恵もかなり大きい。

コップに水筒の水――実はエリクサーを注ぎ、その中に擂り合わせたものと少量の蜂蜜を加えて混ぜ合わせればできあがりだ。

シーラはこれを、『元気が出る特製水』と呼んでいる。

一見するとハイ・エリクサーと同じに見えるが、ハイ・エリクサーの方がずっと手間をかけて作っているため、効果が段違いに高い。けれど今は、森から出るため元気になるのが目的なのでこれで十分だ。

「これを飲めば、きっとマリアさんも元気になるはず」

シーラはマリアがいる部屋の前まで行き、声をかける。

「マリアさん、あの、私シーラっていいます。入ってもいいですか？」

ドキドキしながら返事を待つも、中からは何の反応もない。

……おかしいな？

シーラが首を傾《かし》げ、どうしたのだろうと悩む。そしてすぐに、疲れ果ててマリアまで倒れてしまったのでは!!　という結論に至る。

もしそうならば、かなりの非常事態かもしれない。大変だと思い、部屋へ続く入り口の布をめくり中へ入る。

「大丈夫ですか、マリアさんっ!!　これを飲めば元気に――って、あれ？」

人なんていないぞ？

はたと、シーラの動きがとまる。

「そうか、反応がなかったのは中にいなかったからか……恥ずかしい勘違い！」

熱くなった頬に手を当てて、しゃがみ込む。穴があったら入ってしまいたいほどだが、幸い誰にも見られていないのでいいかと軽く考えることにした。

見張り番をしているクラースに聞けば、マリアの居場所もわかるだろう。そう思い出ていこうとすると、小さなうめき声がシーラの耳に届く。

「……うっ」

「え？」

薄暗い室内をよく見てみると、奥のベッドで人が寝ていた。

すぐに、怪我をしているアルフだということに気づく。聖女の力を以てしても、治せないほどの重傷だったはずだ。

「確か……魔王にやられた酷《ひど》い怪我、だよね？」

魔王に会ったことがないからその強さは知らないけれど、クラースたちの話を聞く限りかなり手強《てごわ》い相手だったということは簡単に想像できる。

――助けてあげたい。

しかし、治癒魔法の苦手なシーラにはどうしようもない。持ってきたハイ・エリクサーであれば完治させられるかもしれないが、いかんせん聖女でも治せない重傷だ。

……ハイ・エリクサーも、効果がないかもしれない。

――でも、どれほどの怪我なんだろう？

うめき声が聞こえたということは、口はちゃんとあるはずだ。

「……失礼します」

部屋の主であるマリアに無許可で入るのは悪いかと思いつつも、シーラは中へ入りベッドの前まで行く。

そこに横たわっていたのは、十代半ばくらいの少年だった。

色素の薄い、黄緑色の柔らかな髪。体は鍛えられているようで、ほっそりとしていながらも筋肉がついていていたくましい。

シーラはじっと、寝ている少年を観察していく。

ぱっと見た感じでは、どこにも異常はない。

「顔は、ある。首も、ある。上半身もあるし……じゃあ足がないのかな？」

布団をぺらっとめくってみた。

「あれ？　足もちゃんとある」

聖女の力を以てしても、治すのが難しいほどの大怪我ではなかったのだろうか。

体中にかすり傷があり、頭と胸に包帯が巻かれてはいるけれど……そこまで広範囲ではない。

呼吸も自力で行っているため、内臓が潰れている……という可能性も低そうだ。

シーラはもう一度少年を見て、首を傾げる。

「全然重傷じゃないじゃん」

どういうことだろうと、シーラは首を傾げる。

「うーん？」

自分が想像していたよりもずっと、軽傷だ。むしろ、このくらいの怪我であれば放っておいても治るんじゃないかな？　と、思ってしまうほど。

聖女といえば、治癒魔法の超スペシャリスト。

そんな彼女が治せない……。

もしかしたら、そこに大きな理由があるのかもしれない。

「あっ！　もしかして、実は聖女さんの方が重症!?」

魔力的な何かにダメージを受けて、治癒魔法を上手く使えないという可能性もある。そうであれば、仲間の怪我を思うように治せないというのも頷《うなず》ける。

シーラは一人でそう結論づけ、とりあえずこの人を治してしまおうと考える。治癒魔法は苦手だが、この程度であればシーラでも簡単に治すことができる。

――これくらいの怪我なら、朝飯前！

少年の体の上に手をかざして、さらっと呪文を唱える。


「《ヒーリング》」


ぱぁっと柔らかな光がシーラの手に灯《とも》り、苦しんでいるアルフを癒やしていく。小さなかすり傷はもちろん、胸にあった大きな傷も綺麗《きれい》に癒える。

ふわりと舞ったシーラの髪と、優しい表情。まるで奇跡のようなその光景を、しかし残念ながら誰も見ていない。

苦しそうにして、冷や汗をかいていたアルフ。悪かった顔色は正常な肌色の明るさを取り戻し、呼吸も整ったものへ変わった。

今ではもう、心地よさそうにすやすや眠っている。

「うん、ちゃんと治ったみたい」

よかったとシーラが呟くと、少年の眉がぴくりと動く。

「……っん」

「あ、起きたのかな？」

眉をひそめ、何度か目を瞬いてからアルフが意識を取り戻す。

「大丈夫？」

少しピンクがかったオレンジ色の瞳が、ぼんやりシーラを見ているのがわかる。視界も問題なさそうだと思うも、「もう少し寝てた方がいいよ」と少年に言う。

――まだ、夜だからね。

「君は……天使？」

「え、あっ！」

問いかけられた言葉を聞き、シーラは焦る。無断でここに入っていたということを思い出したのだ。

しかも、怪我で寝ていたアルフとシーラは初対面。そしてシーラが一方的に、『重傷の仲間アルフ』ということを知っているだけだ。

アルフからしてみれば、シーラは不審者以外の何者でもない。

――どうしよう、どうすればいいの⁉

パニックになってしまったシーラは、慌てて少年の顔にバッと手を近づける。

「ごめんなさい、《スリーピング》！」

「っ、すやぁ……」

「はぁはぁ、焦った……！」

額の汗を手の甲で拭い、シーラはほっとする。

判断に困った結果、シーラは眠りの魔法を使ってしまったのだ。これならば朝までぐっすりだから、きっとシーラのことも夢か何かだったと思うだろう。

「ふぁ……安心したらちょっと眠くなっちゃった」

外の風にあたろうかとも思ったが、どうやらその必要はなさそうだ。

アルフの寝ていた部屋を出て、シーラはルピカの横にもぐりこんでぐっすり眠った。

＊＊＊

シーラが起きるよりも、少し前。

焚火《たきび》の燃える、パチパチという音が静かな空間に響く。

魔物が生息する森だというのに、辺りはとても静かだ。時折魔物の声が聞こえるが、それもすぐに収まってしまう。

薪と一緒にくべられている魔物除けの草がその効果を発揮していて、ひどく穏やかな夜だ。

テントの出入り口をくぐり外へ出てきたのは、ずっとアルフの治療に当たっていたマリア。

見張りをしていたクラースは、一番暖かい焚火の前を空けて彼女に座るよう促す。

クラースは鍋からスープをよそい、机代わりの切り株の上に置く。

「大丈夫か、マリア」

「ええ……もちろん。わたくしが不甲斐《ふがい》ないばかりに、アルフの怪我を治せないなんて」

「仕方ないさ。魔王の傷は、治りも遅いもんだろ?」

顔を俯《うつむ》かせ、マリアはスープを手に取り一口飲む。

いつもは艶やかであるハニーピンクの髪は、無造作に後ろでひとまとめにされている。蜂蜜色の甘い瞳にはうっすら涙がにじみ、隈《くま》もできている。

彼女はまだ十五歳の少女だというのに、この場にいる誰よりも責任を感じているのだろう。

ぎりっと唇を噛《か》みしめ、耐えている。

「勇者を助けられない聖女なんて、無意味だわ」

「マリア……」

もともと、この世界には治癒魔法の使い手自体が少ない。

その頂点だと言われて、マリアは思い上がってしまっていたのだ。魔王と戦い、自分の魔力が尽き果てて、大切な仲間を助けることができない――こんなにも、惨めな気持ちになるとは思わなかった。

「そんなん、俺だって一緒だ。お前ら十代が頑張ってるのに、二十三の俺が一番役に立ってねぇ」

「…………」

「いや、なんか言えよ」

「……そう、そうね。わたくし、クラースよりは役に立っているわね」

「………………」

そう言ったマリアは、残っていたスープを一気に飲み干す。

今度はクラースの目が死んだ魚のようになっているが、それを気にするマリアではない。「ようし」と気合を入れて、残っている魔力を確認するのだが……。

「駄目ね、魔力がゼロだわ」

聖女の治癒魔法といえど、限りはある。

体内にある魔力で魔法を使うため、魔力が切れてしまってはどうしようもないのだ。

回復するには、ポーション類のアイテムを使うか休息するしかない。

「だろうな。さっき、全ての魔力を使って治癒をしたばかりだろう？　とりあえず、寝ろ」

「……そうね。アルフの様子を見て、休むわ。クラース、引き続き見張りをお願いね」

疲れた様子で告げるマリアに頷き、クラースはテントに入る小さな体を見送った。

一人見張りを続けるクラースは、肩を落とす。そして何もできない自分を不甲斐なく思う。

「早くよくなれよ、アルフ……」

さすがに、毎日魔力が涸《か》れ果てるまで治癒魔法を使う少女の姿なんて見ていたくはない。魔力を酷使するのは、己の精神を削っていくようなものだ。

アルフの怪我が治らなければ、近くの街へ向かうのも難しい。

このままでは全員が憔悴《しょうすい》しきってしまうのではないかと、不安に襲われる。せめてルピカだけでも街に……と考えもしたが、この森の魔物を一人でさばき続けるのはキツイ。

立往生。

勇者アルフの怪我がよくならない限り、ここから動けない。

それが、このパーティの現状だ。

「さて、どうしたもんか。食料もそろそろ——ん？」


「————ッ！」


クラースが追加で薪をくべたところで、マリアの悲鳴に近い声が届く。慌ててテントを見るが、特に魔物の気配や、変わった様子は何もない。

もしかしたら、アルフの容態に何か変化があったのかも——いや、それしか可能性はないだろう。アルフの様子を見てから寝ると言っていたのだから。

「クソッ」

頼むからくたばってくれるな。そう思い、クラースは急ぎテントへと向かった。

クラースがテントに入ると、目を見開き驚いているマリアと――すやすや気持ちよさそうに眠るアルフの姿があった。

「……は？」

思わず、クラースはすっとんきょうな声をあげる。それもそのはず。己の記憶が確かならば、アルフは魔王の攻撃を受け重傷だったはずだ。寝ている間だって、うなされていた。

間違っても、こんな穏やかに寝ているはずがない。マリアが治癒魔法で……とも思ったが、本人の驚き具合を見てもそれはありえないだろう。

かといって、外で見張りをしている間には何も起きていない。侵入者はもちろんだし、テント内から何か大きな物音がした気配もなかった。

「マリア、いったいどういうことだ」

「わたくしにだって、わからないわ。どうして、あれほどの傷が治っているの……!?」

首を振り、「ありえない」とマリアが言う。

かといって、クラースも何が起きたのかわからない。変わったことといえば、シーラがいるということだけど、その彼女も今はぐっすり夢の中のはずだ。

「とりあえず、アルフが起きてから話を聞くしかないだろ」

「……そうね」

今、起こしたいが——怪我が治って寝ているのであれば、無理やり起こすのは止《や》めたほうがいい。二人はそう結論付けた。

＊＊＊

多くの魔物が生息するこの森は、朝になってもどこか薄暗い。

ざわざわする声で目が覚めたシーラは、ふわふわすぎて眠れないと思ったけど意外に眠れるものだ……なんてのんきなことを考えながら目覚めた。

「ルピカ……は、もう起きてるのか」

寝ころんだまま手を動かすと、ルピカの寝ていた場所が冷たくなっている。彼女が起きたことに全然気づかなかったなと思いながら、ぐっと伸びをして起き上がる。

あくびをしながら、シーラは手ぐしで髪を整えて着替える。ルピカに借りた夜着を丁寧にたたみ、ベッドの上に置いておく。

寝室を出てリビングに行くと、ルピカたちパーティメンバー全員が集合していた。四人とも椅子に腰かけ、出てきたシーラに視線が集まる。

思わずびくっと驚いてしまったのも、仕方ないだろう。

「お、おはようございますっ」

シーラはまだ顔を合わせていないマリアとアルフの姿を見て、思わず姿勢を正す。慌てて挨拶すると、アルフが口を開いた。

「……君は？」

「えっと、シーラです。昨日、クラースさんに薬草と交換で王都までの道を教えてもらう約束をしたの。それで、泊めてもらったんです」

「薬草を？」

すぐにクラースが「そうだった！」と忘れていた様子で慌てる。アルフのことにばかり気を取られて、すっかり道を教えるという約束を忘れていたらしい。

ルピカは立ち上がり、シーラを机まで連れてくる。

「おはよう、シーラさん。よく眠れたみたいで、よかったです」

「はい。ありがとうございます」

シーラは促されて椅子に座ると、マリアが話しかけてくる。

「あなたが薬草を譲ってくれた方ね。改めて、お礼をいいます。わたくしはエレオノーラ・マリア・ランデスコーグ。マリアと呼んでちょうだい」

「あなたがマリアさん？　初めまして、シーラです」

治癒魔法が得意で、お伽噺《とぎばなし》の登場人物だとばかり思っていた聖女。その存在を目の前にして、シーラはドキドキしてしまう。

エレオノーラ・マリア・ランデスコーグ。

凛《りん》とした瞳は力強く、吸い込まれてしまいそうだ。清楚《せいそ》な衣装は美しいレースが使われており、綺麗な刺繍《ししゅう》がなされていて、ハニーピンクの髪がよく映える。

まさしく、絵本の中から出てきたような愛らしさだ。


薬草がとても役に立ったのだと、マリアが微笑《ほほえ》む。

「ありがとう。改めて、礼を言わせてちょうだい」

それから……と、マリアとルピカの視線が机の上に置かれたコップに注がれる。なんだろうとシーラが覗き込むと、そこにあったのは夜中にシーラが作った『元気が出る特製水』だ。

すっかり忘れて、机の上に置いたままにしてしまっていた。

「あ」

うっかりしていたという素直なシーラの反応を見て、ルピカがくすりと笑う。

「やっぱり、シーラさんのでしたか。これは何ですか？」

「薬草と金平糖を混ぜ合わせて作った、『元気が出る特製水』です。魔力が回復するので、マリアさんにいいかなって……。その、いなかったので机に置き忘れたというかなんというか」

「あら、わたくしに……？」

シーラの言葉を聞き、マリアは素直に喜ぶ。

「飲んでもいいかしら？」

「はいっ！」

連日アルフの治療を行っていたため、マリアの魔力はずっと回復しなかった。薬草類も底をついていたため、不安だったのだ。

マリアが一口飲むと、舌の上に金平糖と蜂蜜の甘さが広がる。薬草独特の苦みはいっさいなくて、飲みやすいばかりか――とても美味しい。

「んんっ！　なにこれ、美味しいわ。それに、すごい……もう魔力が回復しているわ」

「金平糖が入ってるので、甘いんですよ～」

喜んでもらえてよかったと、シーラは微笑む。

マリアとしては味よりも魔力回復の即効性に驚きを隠せないのだが、シーラにとってそれは当たり前の効能なので、味に喜んでもらえたのだと思ってしまう。

こんなにすごい飲み物を用意したのに、まるでなんてことはないというシーラの様子に、マリアは衝撃を受ける。

これでは、シーラこそが聖女のようだ……とすら、錯覚してしまう。

「シーラ、あなた――」

「魔力が回復したんなら、王都に向けて出発できるな！　こんな森、一刻も早く抜けてぇからな……それでいいだろ、アルフ」

「かまわないよ」

マリアが何かを言おうとするが、空気を読めないクラースがそれをぶった切った。魔物のいる森なんてさっさと抜け出して、可愛《かわい》いお姉ちゃんのいる店でゆっくりしたいと言う。

その様子を見たマリアは、呆《あき》れたようにため息をつく。

「……あなた、相変わらず品がないわね」

「はいはい。んじゃ、俺は準備してくっから」

クラースがテントの外に行ったのを見送ってから、アルフがシーラを見る。

「挨拶が遅れてしまったね。僕はアルフ・アールグレーン。一応、勇者と呼ばれている、このパーティのリーダーだよ」

「シーラです。勇者って……本当に存在するんだ……！」

このパーティには驚かされてばかりだ。

しかしルピカたちからしたら、それよりももっと驚くことが起きている。それはエルフであるシーラ自身だったり、『元気が出る特製水』だったりするのだが、シーラはそのことに微塵《みじん》も気づいていない。

そんなシーラの様子にルピカは苦笑しながらも、確信をもってシーラに尋ねる。

「朝起きたら、アルフの怪我が治っていたんです。……単刀直入に聞きます。シーラさん、アルフを治したのはあなたですね？」

「え……っ」

真剣なルピカの声に、マリアとアルフも息を呑《の》む。

三人の視線は、戸惑うシーラに向けられる。

「……え、ええと」

嫌な汗が、背中を伝う。

ほんわかしていた雰囲気が一変し、シーラはとたんに不安になる。

ちょっと治癒魔法を使っただけだったが、何かまずかっただろうか。しかし、自分がやったわけじゃないと嘘《うそ》をつくことも憚《はばか》られる。

シーラは素直に頷くことで、肯定を示した。

マリアはあっけに取られて口をぱくぱくしているが、ルピカはすぐに反応を示す。

「やっぱり。……治癒魔法が苦手なんて、嘘だったんですね？」

「え？　それは本当だけど……」

ルピカの苦笑した表情に、それは違うとシーラは首を振る。マリアも、重傷のアルフを一晩で治癒してみせておいて、苦手なわけがないだろうと首を傾げる。

しかしシーラは、本当に治癒魔法が苦手なのだ。ただ、比べる相手が村の人間だからそう思い込んでしまっているだけで。

「私なんて、全然です！　体が切り落とされたら繋《つな》げられないし、心臓が止まったらもう蘇生だってできないんですよ？　これのどこが得意だって言うんですか！」

「………………？」

シーラの言葉に、今度は全員が首を傾げた。

第四話　シーラの一般常識

貴重な薬草を渡し、そして何よりアルフの怪我《けが》を治したことにより――シーラは道を教えてもらえるだけではなく、王都まで一緒に連れて行ってもらえることになった。

一人での旅よりも心強くなりほっとする。

テントを片付け、いざ王都に向けて出発だ。


森を抜ける道中は、アルフが前衛を、クラースが後衛を務める。シーラとマリアは回復要員として、魔法で戦うルピカと一緒に中衛ポジションだ。

「魔物だ、アルフ行けるか!?」

「もちろん！」

草木をかき分けて飛びかかるように襲ってきたのは、トレ・タイガーだ。森の守護者であるトレントに力を分け与えられて進化したとされ、体の模様が植物の蔦になっている極めて珍しい魔物。

アルフが聖剣を構え、飛びかかるトレ・タイガーに斬りつけた。衝撃で空中に投げ出されたトレ・タイガーの下に潜り込むようにして、二撃、三撃目を加える。

「おぉぉっ、すごい！」

その軽やかなアルフの動きを見て、シーラは思わず拍手を送る。

「わたくしも負けていられないですね。湧き上がる業火よ、顕現し彼《か》の者に鉄槌《てっつい》を！《ファイア・ストーム》!!」

魔法使いのローブをひるがえして、ルピカが炎の魔法でトレ・タイガーを攻撃する。すぐにその体は燃え上がり、灰と化した。

トレ・タイガーはその名の通り植物の恩恵を受ける。ゆえに、体の半分が植物で作られているため火に弱いのだ。

「なんだ、俺の出る幕じゃねえな」

「あはは」

後方でクラースがふんぞり返っているのを見て、アルフが苦笑している。

「クラース、森を抜けるまで安心できないわよ！　しっかりしてちょうだい」

「わかってるって」

マリアは呆《あき》れたようにたしなめるが、クラースには応えていないようだ。

「まったく……本当にわかっているのかしら」

「賑《にぎ》やかで楽しいね」

二人のやり取りを見て、シーラは笑う。

一人寂しく森を抜けなければいけないかと思っていたので、この雰囲気が嬉しい。

魔物を倒したので、シーラたちは再び歩き始める。

「シーラさん、疲れたりしたらすぐに言ってくださいね。休憩をいれますから」

「ありがと、ルピカさん」

「この森を抜けるには、まだ日数がかかりますから」

無茶をしては、王都に出る前にバテてしまうだろう。気遣ってくれるルピカに笑顔でお礼を言い、何かあればすぐに伝える約束をする。

少し雑談をしていると、すぐに次の魔物が姿を見せた。先ほどのトレ・タイガーの巨体とは違い、今度は小柄なサルの魔物だ。

それを見て、シーラは咄嗟《とっさ》に鞄《かばん》を押さえる。

「あいつ、前に私のお弁当を盗んだサルだ……!!　額に私の付けた大きな傷が残ってる!!」

「え？　お弁当？」

ルピカとマリアが何事だというようにシーラを見る。

シーラには成人の儀でこの森に入ったとき、サルの魔物にお弁当を盗まれたという苦い思い出があるのだ。

取り戻そうと攻撃したものの逃げられてしまい、追いつくことができなかった。

「いや、こっちの話……」

「大丈夫ですか？　とりあえず魔法で――って、その必要はないみたいですね」

「そのようね」

シーラたちがサルの魔物をもう一度見たときには、クラースの短剣が深々と突き刺さり、倒されていた。

――まさかこんなところでお弁当の仇《かたき》が取れるとは。

いつか倒してやろうと思ったまま、出遭うことがなかったサルの魔物。

以前、仇を取りに森へ来たときは見つけられなかった。どうやら、普段は村側から見て森のだいぶ奥に生息していたようだ。

つまり、この森を抜けるまであと少しでは？　……と、シーラはわくわくが募る。

「頑張って都会を目指そう～！」

早く早くと、シーラは両隣にいたルピカとマリアの腕を摑《つか》む。

「きゃっ！　どうしたんですか？　シーラさんたら」

「そんなのわかっているわ！　早く森を抜けて、馬車に乗りたいもの」

スキップしそうなほど浮かれているシーラを見て、ルピカとマリアは笑って歩くペースを上げたのだった。

＊＊＊

数日かけて森を抜け、シーラは初めて故郷以外の村を見た。

ここは『常夜の森』から一番近くにある村だ。

一メートルほどの高さがある柵で囲まれている。森の動物や魔物が入り込まないようにするための措置だが、滞在している冒険者が多いため危険が村の中まで及ぶことは滅多にない。

人口は約千五百人と決して大きくはないが、シーラの住んでいた村に比べたら大きい部類に入る。


柵を通って村に入るなり、シーラははしゃいで声をあげる。横にいるルピカが、その様子を楽しそうに見守る。

「わあ、すごい。私が住んでた村より、ずっと人が多い！」

「そんなにですか？」

「うん！　だって、うちの家族が六人で、向かいのおばちゃんの家が十人で、そうだね……だいたい、三百人くらいだったかな」

「三百……それは、確かに少ないかもしれませんね」

けれど、エルフの数としては多いのでは？　と、ルピカは首をひねって考え込む。

「ルピカさん、早く行こう！　クラースさんたちに置いて行かれちゃうよ」

「あ、そうでした。ごめんなさい、行きましょう」

思わず足を止めて考え込んでいたルピカを引っ張り、シーラはどんどん村の中に入っていく。

村にある家の大半は木やレンガを使って建てられていて、数軒の店が並んだ通りでは買い物をする人が行き交っている。

露店に並ぶ商品は歩いたまま見ることができるので、シーラの視線は釘付《くぎづ》けだ。

「すごい、あ、可愛《かわい》いネックレスがある！」

「シーラさんてば、はしゃぎすぎです。まずは宿をとるのが先ですから、買い物はその後にしましょう」

「ん、わかった」

近くまで見に行きたいのをぐっとこらえ、くすりと笑うルピカの後に続く。

その様子を見ていたマリアも、同じように笑う。

「このくらいでそんなに興奮するなんて、いったいどこの何ていう村に住んでいたの？」

「どこって言われても……森の向こうですけど」

ほかとの交流がなかったため地図もないし、村に名前がついているわけでもない。シーラたちにとって、自分の住む場所はただの村という名称だけで十分だった。

「そうなの……一度、調査をした方がいいのかしら」

「でも、いい村ですよ？」

「それはあなたを見ればわかるわ」

あの『常夜の森』の向こうに村があるなんて聞いたことのないマリアは悩むが、今はそれよりも王都に帰還するのが先だ。この件は保留にして、先を急ぐ。

少し歩くと、商店の並んだ通りの一番奥に、ひときわ大きな建物が姿を見せた。

三階建ての建物はオレンジ色の屋根で、家とナイフとフォークが描かれた看板が下げられている。入り口の前には花が植えられていて、雰囲気がいい。

「シーラさん、今日はここに泊まるんですよ」

ルピカが珍しそうにしているシーラに告げると、ぱあっと顔が輝く。こんな可愛いところに泊まるのかと、胸を弾ませる。

「すごいね、こんなところに泊まるんだ！」

「もしかして……シーラさんは、宿泊するのが初めてなんですか？」

楽しそうなシーラを見て、ルピカが問いかける。もちろん、どこかに泊まったことはないので正真正銘初めてのお泊まりだ。なお、野宿は数に含めていない。

宿屋に入ると、アルフが代表して宿帳に記入をし泊まる手続きをする。

人数分のお金を支払う様子を見て、シーラは泊まるための対価として丸い硬貨が必要なのだということを理解する。

しかし、シーラが持っているものといえば薬草二八束とハイ・エリクサー五本のみだ。薬草を対価に泊めてもらえるのだろうかと不安になる。

「アルフさん、私が泊まるための対価って……薬草でも大丈夫です？」

「え？」

ここは自分が暮らしていた村より大きいので、対価となるものが村で暮らしていたころより多く必要になるだろうと考えた。

　問われたアルフは、シーラがいったい何を言っているのかわからず首を傾《かし》げる。お金を知らない人間がいるなんて、普通は思わない。

　二人のやり取りを見ていたルピカが、もしかして……と思いシーラに声をかける。

「シーラさん、道中の代金は治療していただいたのでわたくしたちが持ちます。ですが、お金がないとのちのちシーラさんが困ってしまいますね」

「お金？」

「え？」

　お金を知らないのかと、ルピカたちは驚く。

「今まで、買い物はどうやって……？」

「ほしいものがあったら、薬草とか、お肉とか、何かと交換してもらってたけど」

「物々交換……なるほど」

　シーラの話を聞き、本当にほかの村や人から隔離されたような場所に住んでいたのだとルピカたちは思い知らされる。

「お金の説明をした方がいいですね。シーラさん、部屋に行ったらわたくしが教えてあげます」

「本当？　ありがとう、ルピカさん！」

　何やらお金が重要なものだと雰囲気で察し、シーラは教えてもらえることにほっとした。

アルフが手続きを終え、用意されたのは三階にある五部屋だ。シーラが宛てがわれた部屋へ入ると、ふわりと花の香りがした。

六畳ほどの広さの部屋は、奥に窓があり、その手前にベッドが置かれている。入ってすぐのところにある机には、花瓶に活《い》けた花が飾られていた。

マリア、アルフ、クラースはそれぞれの部屋へ行ったが、ルピカは通貨のことを教えるためシーラの部屋に来てくれた。

「それじゃあ、お金について教えますね」

「うん」

早速、ルピカがシーラにお金についての説明をしてくれた。


一般的には物々交換ではなく、お金という硬貨を使い取引をする。単位はコーグ。

例えば、林檎《りんご》を一個買うとなると五〇コーグほどが必要となる。この宿は、小さな村ということもあり少し安めの料金設定で二〇〇〇コーグだ。


「仕事をしたり物を売ったりすると、その代わりとしてお金をもらえるんです」

「もらえるものが決まってるんだ」

「そうです。そして、自分のものになったお金を使って買い物をしたり、こうやって宿に泊まったりするんです。もちろん、お金をたくさん集めたら屋敷を買うことだってできます」

「なるほど……」

「シーラさんは、今お持ちの薬草を売ればお金がもらえますよ。そのお金を使って、いろいろな物を買って生活することができます」

ルピカの説明を聞き、シーラはお金というものを理解した。

――お金って便利だ!!

こんな便利なものは村になかったので、ぜひとも導入してほしいと思うほどだ。しかも、今持っている自分の薬草を買い取ってもらえるというのだから嬉《うれ》しいことこの上ない。

どれほどの価値かはわからないし、そんなに量があるわけではないけれど、可愛い装飾品や美味《おい》しそうな食べ物を少しくらいなら買うことができるかもしれないとシーラは期待する。

「じゃあ、さっそく薬草を買い取ってもらってくる！」

ふんと鼻息を荒くするシーラに、ルピカが苦笑する。

「薬草は、冒険者ギルドか道具屋で買い取ってもらえますよ。冒険者ギルドは、ほかにも魔物討伐や採取などの仕事を紹介しているんです」

この村には両方あるので、今後冒険者のように仕事をするのであればギルドで売るのがいいだろうとルピカが教える。

一般的な職業と違い、冒険者は自由度が高い。一つの街に留まらないつもりのシーラにはうってつけだった。

「わからないことがあるといけませんし、わたくしもご一緒しますよ」

「ううん、大丈夫。一人でできるようになりたいから、頑張ってみるよ」

「そうですか？」

ルピカの申し出を嬉しく思いつつも、シーラは自分でできるようになるためにそれを断る。もともと一人で旅をする予定だったので、お金のことを教えてもらっただけで十分感謝しているのだ。

やる気に満ち溢《あふ》れたシーラを見て、ルピカは余計なおせっかいはしない方がよさそうだと微笑《ほほえ》む。

「わかりました。いってらっしゃい」

「うん、いってきます！」

＊＊＊

ルピカたちは物資の補給や、村長宅へ挨拶をしに行き、シーラは一人別行動だ。

シーラにとって、初めて外の世界を一人で歩く瞬間だ。

踏みしめる大地は変わらないのに、どこか新鮮だと思えるのだから不思議なものだ。宿屋を後にして、まず手に入れるべきものは〝お金〟だ。

やってきたのは、先ほど通った商店が並ぶ通りのさらに先。

「うわぁ、すごい！　なんだろうあれ、食べ物かなぁ⁉」

この村には小さな露天市場があり、シーラは歩いていたらそこへ辿り着いた。売られている様々なものに目移りしてしまう。

可愛い見た目のお菓子に、見たことのない装飾品。

「薬草を売ったら買えるんだから、もう少し我慢……！」

村の中を見回しながら、ルピカに教えてもらった冒険者ギルドへやってきた。

通常は街にある施設だが、この村は世界一危険とされる『常夜の森』の手前ということもあり設置されている。

レンガで建てられている冒険者ギルドはとても頑丈そうで、思わず「おぉぉ」と声をあげてしまう。ドアを開いて中に入ると、カウンターが一つ。

今は空《す》いている時間帯なのか、シーラ以外に人はいなかった。

「いらっしゃいませ」

「こんにちは！　薬草を買い取ってもらえると聞いて来たんですけど……」

笑顔で対応してくれたギルドの受付嬢のところへ行き、シーラは鞄から薬草を一束取り出す。

「はい、確認しますね」

「お願いします」

シーラの手渡した薬草を見て、受付嬢は「んんっ？」と眉をひそめた。

「これ……ただの薬草じゃないですよね、もっと、上位の……」

「上位？」

はてと、シーラは首を傾げる。

「これは……幻の、精霊の薬草？　いや、まさかこんなところにあるはずないよね？」

その間に、薬草を見つめる受付嬢の目つきがどんどん険しくなっていく。睨《にら》みすぎて、薬草に穴が開くんじゃないかという不安すら覚えるほどだ。

「普通の薬草だと思いますけど……」

「普通でないことだけは、断言できます」

唸《うな》りながら悩んでしまった受付嬢と、普段使う薬草なのでどうしようもないシーラ。どうしようと考えて、そういえば二種類の薬草を持っていたことを思い出す。


クラースに渡し、マリアに飲んでもらった薬草。これは残り一八束。

今取り出して渡した薬草は、一〇束ある。


今渡したものではなく、クラースにあげた方の薬草ならばどうだろうか。先ほど渡したのと交換するかたちで、シーラは受付嬢へと薬草を渡す。

「あ、これは上品質の薬草ですね！」

「じゃあ、それを買い取ってほしいです」

どうやら問題なさそうだと思い、シーラはクラースにあげた方の薬草残り一七束を取り出し受付嬢に渡すのだった。

＊＊＊

場所は変わり、シーラと別行動をとっているルピカたち。

無事に物資の補給を終え、村長の家へ挨拶に向かっている最中だ。クラースは面倒だからと酒場へ飲みに行ってしまったので、ルピカ、マリア、アルフの三人である。

その道中で話題にあがるのは、もちろんシーラのことだ。

「ああもう、いったいシーラは何者なの？　アルフの怪我を一瞬で綺麗《きれい》に治すほどの治癒魔法なんて、今まで聞いたこともないわ!!」

聖女の自分が役立たずのようだと、マリアが言う。

それに苦笑しながら、アルフは「落ち着いて」とマリアをなだめる。

確かにシーラのおかげで全快したアルフだが、マリアの治癒がなければとっくに命を落としていただろう。アルフとしては、マリアにも感謝してもしきれないのだ。

「自信を持ってよ、マリア。じゃなきゃ、僕はとっくにこの世にいない」

「それは……確かにそうかもしれないけれど」

だからといって、納得できるものでもない。

今までずっと、己の治癒魔法に誇りを持って生きてきたのだから。

「……ルピカは、シーラのことを何か知りませんの？　あんな治癒魔法を使えるなんて、人間なのかも疑わしくなってしまうわ」

「人間でなければ、なんだというんですか」

「それはまぁ、そうですけど。だって、戦士や魔法使いとして強い人間は今まで何人もこの目で見てきましたけど——治癒でというのは、初めてだわ」

シーラがエルフだということを知っているのは、ルピカだけだ。

それをマリアが知ってしまうと、大事になってしまうのをルピカは知っている。そのため、仲間たちにも黙っているのだ。

「治癒魔法だって、どの口が苦手と言うのか!!」

「まぁまぁ……」

「名前のない村から来た、なんて。まるで化かされているみたいだわ」

森で野営をしていたときのことを、マリアは思い出す。

治癒魔法が苦手だと言ったシーラに、マリアは自分の手をナイフで少しだけ切り治癒魔法で治して見せたのだ。それを見たシーラは、「えっ」と声をあげた。

もちろん、何をそんなに驚くのだろうと逆にマリアたちが驚いたほどだ。しかしその理由を知り、やはりマリアたちがさらに驚愕《きょうがく》した。

シーラは、「なんで治癒魔法を使うの？」と言ってのけたのだ。

怪我をしたのだから、治癒魔法を使うのは当然だ。いったいシーラは何を言っているのだと、その場にいた全員が思った。

怪我を治すために使うのだから、当たり前。そうシーラに言うも、彼女の反応は違った。

「その程度の傷なら、治癒魔法を使う必要もないですよ～！」

そう言って、シーラは己の腕をマリアと同じように切った。赤い血が流れた傷は、治癒魔法を使うことなく――すうっと、綺麗に治ってしまったのだ。

「――っ!?」

自己治癒なんて生易しい言葉では言い表せないその現象に、マリアたちは息を呑《の》むことしかできなかった。

「でも、僕の怪我を治して、マリアに特製水を作ってくれたんだ。悪い子だとは思えないよ」

シーラがいなければ、まだあの森の中でアルフの治療を続けていただろう。それに関しては感謝しかないし、シーラを責めるようなことはもってのほかだ。

「そうね。シーラの目には、悪意がなかったもの」

だからこそ、もやもやとしたものがマリアの中に渦巻いている。

アルフの恩人であるシーラを問い詰めたくはない。しかし気になる。いったいどこで治癒魔法を習得して、ほかには何ができるのか――。

悩むマリアを見て、ルピカは話を切り上げる。

「ほら、村長の家が見えてきました。マリア、今は先に挨拶を済ませてしまいましょう」

「……そうね。わかったわ」

小さなため息とともに、マリアはルピカの言葉に頷《うなず》いた。

＊＊＊

ルピカたちが村長の家に着いたころ、シーラは冒険者ギルドで薬草を売ることに無事成功していた。

受付嬢がトレイにお金を載せ、シーラの前へと差し出す。

上品質の薬草が一八束で、合計九万コーグ。

「わぁ、これがお金！　ありがとうございます」

「正当な対価ですから。こちらこそ、上品質の薬草を売っていただきありがとうございます」

素直に喜ぶシーラを見て、ギルドの受付嬢も買い取れたことを嬉しく思う。同時に、お金に関してあまりものを知らない子なんだなということも予想がついた。その点に関しては、少し心配になる。

余計なお世話かもしれないけれど、そう思いながらも受付嬢は口を開く。

「お金は、お財布にしまっておくといいですよ。大切なものなので、万が一盗まれたりしないように注意もしてくださいね」

「盗まれる……わかりました。気を付けます！　でも、お財布って何ですか？」

「お金をしまう、こういった入れ物です」

そう言って、受付嬢が自分の財布をシーラに見せてくれた。

「なるほど、それがお財布」

がまぐちタイプで、使われている布には可愛い花の刺繍《ししゅう》が施されリボンが巻かれていた。シーラはぱぁっと目を輝かせ、「それほしいです！」と告げる。

「このお金で買えますか？」

「ええ。これはすぐ近くの雑貨屋さんで、三〇〇〇コーグで買ったものよ」

「私でも買える……！」

値段を聞き、シーラの表情はいっそう明るくなる。さっそく自分のお金で、可愛い財布を買うことができるのだ。嬉しくてたまらない。

薬草を持ってきてよかったと、心の底から思う。

そしてお金のことを教えてくれたルピカたちに感謝するのも忘れない。

でも、まさか薬草一つであんな可愛いお財布が買えるとは思ってもみなかった。シーラはもう一度受付嬢にお礼を言って、ギルドを出た。

それを見送りながら、受付嬢はぽつりと呟《つぶや》く。

「……なんだか、すごい子ね」

通常、普通の品質の薬草だったら一束三〇〇コーグ程度。けれどシーラが持ってきたものは、上品質。しかも、その中でも状態は最高だ。なかなか手に入るものではないのに、いったいどこであんなに採取したのだろうと考える。

「あ、そうか……採取場所を聞いておけばよかったんだわ」

とはいえ、上品質の薬草は貴重な収入源になるためそう簡単に教えてもらえない。戦闘がメインで、たまたま薬草を発見した冒険者であれば気軽に教えてくれたりもするけれど。

買い取った薬草を見て、そういえば——もう一種類の薬草は、結局なんだったのだろうかと考える。

さすがに精霊の薬草なんて幻のものであるはずはないので、似た珍しいほかの薬草だとは思うけれど……。そんなことを考えながら、受付嬢は仕事に戻るのだった。

第五話　精霊は絶滅していた？

ギルドの受付嬢に教えてもらった雑貨屋にやって来たシーラは、自分の村にはなかった様々な小物を見て驚く。

目的のお財布は、シンプルなものからカラフルで可愛《かわい》いものと、多くの種類が取り揃《そろ》えられていた。

値段は二〇〇〇から五〇〇〇コーグの間だ。どれを選んでも、手持ちのお金で買うことができる。好きなものを買えるなんて、逆に迷って困ってしまう。口元を緩めながら、一つずつ見ていく。

「どれがいいかなぁ」

財布はがまぐちタイプのもの、リボンで結ぶもの、ピンでとめているものなどたくさんあり、目移りしてしまう。

これもいいなぁ、あれもいいなぁ、そう言っては財布を手に取りどれにしようか悩む。

そんなとき、ふとひとつの財布が目に留まる。

綺麗《きれい》な翡翠《ひすい》の色に、宝石と草花が描かれたものだ。

「あ、これ素敵だ……！」

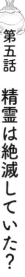

値段を見ると五〇〇〇コーグと高めの部類だけれど、今のシーラには余裕がある。お金もそうだが、主に心の。お金がなくなったら、森で薬草を採取すればいいと単純に考えた。

「決まったのかい、お嬢ちゃん」

「！　はい、これをください。……あ、裏には可愛い女の子の絵が描いてあるんですね」

店主にお金を払い、財布はすぐに使う。

初めて買った自分のお財布だと、頬が緩む。そんなシーラを見て店主も嬉《うれ》しそうに笑い、財布に描かれている絵の説明をしてくれた。

「それは風の精霊のシルフだよ」

「シルフ？　そういえば、ここら辺では精霊を見ませんね」

シーラの村にはたくさんの精霊たちがいたけれど、『常夜の森』の途中あたりからさっぱり精霊の姿を見なくなっていたことに気づく。

おしとやかに描かれているシルフを見て、彼女はどちらかといえば攻撃的で活発な性格なんだけど……と、シーラは思う。

考え込むシーラをよそに、店主はあははと笑う。

「見るも何も、精霊はとっくの昔に絶滅したじゃないか」

「なんですと!?　絶滅!?」

「ああ、精霊に会いたかったのかい？　まぁ、お嬢ちゃんくらいの年の子は誰もが精霊に会いたいと夢見るもんだよ」

「…………」

店主に聞かされた事実に、ショックを受ける。

——こっちの方は、精霊がいないっていうこと？

でも、シーラはシルフ自身にもらった、彼女を呼び出すことのできる召喚石のブレスレットを持っている。

旅立ってから召喚してはいないけれど、呼びかければ来てくれるはずだ。

こちらは自分の住んでいた村とはだいぶ違うんだと、シーラは改めて実感する。そう考えると、ルピカたちと森で出会えたことは運がよかったのだろう。

——なんか、みんな言葉遣いも丁寧だったもんね。

クラースは普通だったけれど。

シーラの村ではあまり畏《かしこ》まった会話をしないため、そのことにも驚いていた。ルピカもマリアも気品に溢《あふ》れているので、少し気後れしていたのだ。

「まぁ、精霊に会ったら教えておくれよ。これはおまけしておくから、持っていきな」

「ありがとう」

しょんぼりと肩を落とすシーラに、店主は財布に付けられる小さな花の装飾品をおまけしてくれた。それをさっそく付けて、その可愛さににんまりした。

お店を出たシーラは、本当にこの地に精霊がいないのか確かめることにした。

村の中には見当たらないから、草原や森、池や川など自然の溢れるところがいいだろう。そこになら、精霊たちがいるかもしれない。

そう考えて、さっそく村の外へ行ってみることにする。


村の出入り口に行くと、見張りをしている役人がいた。

手には大きな槍《やり》と盾を持っていて、不審者の確認や、村に魔物が近づいてこないか常時注意しているのだ。

シーラを見た役人が、「どうしたんだい？」と声をかけてきた。まだ少女のシーラが一人で村の外に出ようとしているのを、心配してくれたのだろう。

「お嬢ちゃん、確かアルフ様と一緒のパーティにいた子だよね？」

「はい、そうですけど……」

もしかして、村から出さないなんて言われてしまうのだろうかと不安になる。

「いや、村の外は魔物も出るからね。お嬢ちゃんみたいな子には、危険じゃないかと思ったんだけど……アルフ様のパーティメンバーなら、もしかして強いのかな？」

役人の言葉を聞き、「ふむぅ……」と考える。

「強さは……普通かな？　一応、一人で魔物も倒せますよ」

「そうか、ならそんなに心配しなくてもいいかな……でも、どこに行くんだい？」

役人は自分を心配してくれているのだということがわかり、シーラはほっこりする。

「この近くをちょっと散歩しようと思って。あ、そうだ！　ここら辺に大樹や川とか泉とか、なんか自然スポットってありませんか？」

どうせなので、精霊がいそうなところを尋ねる。こういうことは、地元の人に聞いてしまうのが手っ取り早いのだ。

役人は、二〇分くらい東へ歩いたところに小さな湧水があることを教えてくれた。

「おお、いいですね！　湧水なら、ウンディーネがいるかもしれない」

「ウンディーネって、精霊の？　はは、絶滅してる精霊がいるわけないだろう」

「えぇぇ……」

どうやらシルフだけではなく、精霊全体が絶滅しているという認識らしい。

「とりあえず、行ってみます！」

「ああ、気を付けて行っておいで」

精霊が絶滅しているなんて、そんなことはないのに。そう思いながら、シーラは湧水があるという場所まで歩き始めた。


村を出て、森に沿って草原を歩く。

その先に湧水があるそうなのだが、いかんせん歩き難《にく》かった。シーラの膝丈くらいまである大きな草が多く、ちまちま進むことしかできないため時間がかかる。

帰り道の目印になるように、草をしっかり踏んで道になるよう歩いているためさらに時間がかかってしまう。

「ん？」

ガサっと草むらが揺れて、魔物がシーラの前に飛び出してきた。ケルベロスを小さくしたような獣で、もふもふした毛がなんとも柔らかそうだ。

『ガウゥ！』

「ちっちゃくて可愛いね」

しかし、襲いかかってこられたら戦うしかない。

「あ、そうだ！」

ここで精霊絶滅説を確認すればいいのだ。

もし本当に精霊が絶滅しているのであれば、シーラがいつも使っている精霊魔法を発動することはできない。

そのことに気づいたシーラは、試しに犬の魔物に向かって精霊魔法を放つ。

「風を司るシルフよ、その力を刃にせよ！　《ウィンドナイフ》！」

力強い詠唱をすると、シーラの周囲に風が舞い起こり犬の魔物を瞬殺する。

問題なく精霊魔法が使えることにほっとして、やっぱり精霊は絶滅なんてしてないじゃないと憤慨する。でも、詠唱をしたのに、いつもの無詠唱の時より威力が弱かった。

もしかしたらこの辺は、精霊との相性が悪い地域なのかもしれない。

役人に教えてもらった場所は、動物や魔物のちょっとした休憩スポットになっていた。ひっそり木々と岩に囲まれて、その間から綺麗な水が湧いている。

ウンディーネが好きそうな場所だというのは、一目でわかった。そう考えると、やはり絶滅したという噂《うわさ》や精霊魔法の威力が弱いことに疑問が残る。

スライムや野ウサギが休んでいたが、シーラの姿を見るとすぐさま逃げ出してしまった。

「……別に倒したりしないのに」

でもまぁ、人を見たら逃げるが勝ちというのは間違ってはいない。

特にスライムは、駆け出しの冒険者が練習相手にする魔物としてもってこいだ。のん気に水を飲んでいて倒されてしまっては、たまったものではない。

「さてっと、綺麗な湧水だけど……ウンディーネかその眷属《けんぞく》はいるのかな？」

精霊には、上位精霊と下位精霊が存在しており、そのさらに下に属性の眷属精霊がいる。眷属か否かを判断するには、サイズを見ればいい。名を持つシルフなどは人間と同じ大きさだが、眷属の精霊は手のひらほどの大きさしかないのだ。

上位精霊が人前に出てくることは、まずない。シーラたちエルフにとっても、まだ見ぬ雲の上の存在だ。

シーラが普段から仲良くしているシルフやウンディーネは、下位精霊に相当する。

きょろきょろ辺りを見回すも、残念ながらそれらしい姿はない。

ここまで豊かな自然があるのに、精霊がいないのは不思議だ。どうしてだろうと首を傾《かし》げてみるけれど、残念ながらその答えはわからない。

——変だなぁ。

精霊は絶滅した、なんて。

そんなことあるはずがないのに。

「精霊魔法が使えるのに、精霊がいないわけはない。何かがおかしいのかな……？」

一人で悩んでいても答えが出ないと思ったシーラは、精霊本人に聞いてみることにした。それぞれの精霊と契約しているため、シーラは直接召喚することができるのだ。

ネックレスにしてあるのは、ウンディーネにもらった水の召喚石。

それに指先で触れ、シーラは静かに、けれど力強い声で彼女を呼ぶ。

「ここへ来て、【ウンディーネ】！」

『——シーラ』

「あ、よかった。ちゃんと呼べた」

呼び声に応えてくれたことにほっとして、ふにゃりと笑う。

シーラの前に姿を現したのは、水の精霊ウンディーネだ。

長い髪に、透き通った肌。誰もが美しいと称賛する精霊は、澄んだ瞳でシーラを見て——けれどすぐに、その姿をかき消した。

「えっ!?」

たった今そこにいたはずのウンディーネが、もういない。驚いて目を見開くが、いないという事実に変わりはない。

「どういうこと？」

今まで、こんなふうに精霊が消えるようなことはなかった。

楽しくおしゃべりをして、飽きたら帰る。そうやって精霊と過ごしてきたのだ。今まで、時間という縛りがあったことは一度もない。

「精霊が姿を維持するための力が、足りない？」

こてりと、首を傾げる。

「また違う場所で召喚したら、ウンディーネも長居できるかなぁ？」

行く先々で試してみるのもいいかもしれない。

自分の村周辺ではそんなことはなかったけれど、こちらの方の地域は特殊なのかもしれない。

精霊魔法の威力が弱くなってしまうのは辛《つら》いけれど、別に戦いをするための旅ではないからその点は問題ない。

もちろん、魔物に遭遇してしまう可能性を考えると威力が強いにこしたことはないけれど。

「あ！　でも、精霊を呼べないと薬草を探すのが大変だ……」

シーラはいつも、精霊たちに薬草の採取などを手伝ってもらっていた。

今後は薬草がお金になるのだから、もっと採取しておきたかったのだけれども……仕方がない。精霊に頼れないなら、自力で探すしかない。

とりあえず、今はまだお金があるのでいいやとシーラは軽く考えて湧水を後にした。

＊＊＊

宿に戻ると、ルピカたちはすでに帰っていた。

というか。

シーラの部屋でルピカとクラースが待ち構えていたと言った方が正しいだろうか。

「もう、シーラさん！　こんな遅い時間まで、どこに行っていたんですか！」

「ご、ごめんなさい……いろいろ見てたら、こんな時間になっちゃって」

普段は大人しい、ルピカの雷が落ちてきた。

そしてすぐに、心配しましたと告げるルピカに抱きしめられる。

それもそのはず。出かけたときはまだ明るかったけれど、村の外の湧水を見に行ったため予想以上に時間が経《た》ってしまっていたのだ。ちなみに、帰りに少し道に迷ったのは内緒にする。

そんなルピカを落ち着かせるように、クラースが口を開く。

「まぁまぁ、無事だったんだからいいじゃねーか！　飯にしようぜ」

「クラースはマイペースなんですから……」

「つっても、シーラは一人で『常夜の森』にいたんだぞ？　戦ったところは見たことねーけど、かなりの実力者なんじゃねえの？」

「あ、確かにそうかもしれませんね」

シーラの可愛らしい外見には、あまり戦闘という単語が似合わないためルピカは失念していたと言う。けれど、シーラからしてみればルピカの方がおっとりとして可愛らしく、戦闘は似合わないように見える。

「駄目、この話はお終《しま》いです。食事にしましょう、シーラさん」

「うん」

二人で笑い、マリアとアルフが待っているというクラースの言葉を聞き、一階にある食堂へと向かった。


宿屋に併設されている食堂は、宿泊客だけではなく仕事終わりや冒険終わりに飲みに来る人も多い。料理が絶品で、満席になるのも早い。

六人掛けのテーブルに、片側にはシーラとルピカが、対面にマリア、アルフ、クラースが座る。

シーラはバターチキンライスと具だくさんの野菜スープを頼み、その美味《おい》しさに舌鼓を打つ。

「んんっ、おいひい～！」

「慌てなくても料理は逃げないわよ」

「あはは、ごめん」

がつがつ料理を食べるシーラを見て、マリアが呆《あき》れたように笑う。「好きなだけ食べるといいわ」と言いながら、シーラが好きそうな肉料理を追加注文してくれた。

「シーラさん、口元にソースが付いていますよ」

今度はルピカがシーラに注目し、口元に付いたソースを拭う。

「え？　あ、ありがと」

「どういたしまして」

「お前ら仲良いな」

クラースがエール酒を飲みながら笑う。

その隣では、アルフも付き合いで飲んでいるが……あまり進んでいないところを見るとお酒が苦手なのだろう。

「ほら、アルフももっと飲めよ！」

「あ、うん……少しだけね」

「……」

その光景を見て、シーラはどこも大人は一緒なんだな……と苦笑する。村でも、若い子に飲め飲め～と楽しそうにしていた酔っ払い親父がいたものだ。

たわいのない雑談をしながら、シーラはふと昼間のことを思い出す。お財布を買ったときと、村の外に出かけるときに聞いた、精霊が絶滅しているという話だ。

一般人が知らなくとも、勇者や聖女であれば何か知っている可能性は高い。ルピカも、この辺りではかなり力のある魔法使いだと聞いている。クラースは、よくわからないけれど……。

「村の人に聞いたんですけど、ちょっと気になることがあって」

「何かありましたか？」

「精霊が絶滅した……って言うんです」

「ええと、精霊ですか？　遥《はる》か昔はいたと聞きます。精霊魔法、なんて伝説のような魔法もあったみたいですけど、今は文献もほとんどありません」

お伽噺《とぎばなし》の本の中ではよく出てきますけどねと、ルピカが笑う。

「んんん？」

マリアたちも頷《うなず》いているのを見て、精霊の絶滅が共通認識だと理解する。

――やっぱり、この辺に精霊はいないっていうこと？

悩む様子のシーラを見て、マリアとアルフも口をはさむ。

「わたくしも、精霊に会ったことはありませんわ。多くの魔法使いや研究者に会いましたが、精霊魔法を研究している人物はいても――実際に使える人間や精霊に会ったことがあるという人はいません」

「僕も見たことはないね」

「シーラさんは、精霊に会いたいんですか？」

「え？」

ルピカの問いかけに、シーラはきょとりとする。

絵本などの影響からか、ほとんどの子供が一度は〝精霊に会いたい〟と言うものなのだ。もちろん、それはルピカやマリアだって例外ではない。

精霊に会いたいか会いたくないかで言えば、もちろん会いたいに決まっている。おそらく村に戻れば精霊たちとは普通に会えるだろうけれど――しばらく村に帰る予定はない。

とりあえず、肯定の意味としてシーラは頷く。

「確かに、精霊に会えたらきっと素敵でしょうね」

「そうだね。僕も会ってみたいな」

マリアとアルフがそう言って、いっそこのまま精霊探しの旅に出るのも楽しそう！　なんて、冗談めかして笑う。

「マリア、そんなことをしたら大勢に迷惑がかかります」

「わかってるわ、ルピカ。でも、精霊なんて……一度くらい、会ってみたいじゃない」

「それは、わたくしだって。けれど、精霊はもう存在しないんですよ？」

夢見る少女のように、うっとりした表情でマリアが告げる。

それとは逆に、ルピカは現実的だ。会いたい気持ちはあるが、絶滅した精霊探しをしている余裕はない。

そんなことを話す二人を見て、シーラもぜひ精霊に会ってほしいと思う。

――私が召喚できたら、精霊に会わせてあげられるのになぁ。

今は精霊たちの状態がよくわからないので、むやみやたらに召喚したくはないのだ。

残念。

そう思いながら、シーラはデザートのフルーツを口に含んだのだった。

＊＊＊

村で十分に休んだ翌日。

シーラたちは移動手段を変えていた。ルピカたちが『常夜の森』へ入る前にこの村に預けていた馬車があり、それで王都まで移動するのだ。

黒塗りで縁が金色に装飾された馬車はとても豪華で、思わずシーラは見惚《みと》れてしまう。中は広く作られていて、三人並んで座れる座席が二つ用意されている。

ガタゴト揺れる馬車はお尻が痛くなるけれど、歩いて王都に向かうよりはずっと早く着く。

アルフとクラースが御者をしているため、女子三人はゆっくり馬車の中でおしゃべりだ。

シーラは窓から景色を見て、すれ違う馬車や大きな川に感嘆の声をあげる。そんな様子を楽しそうに見て、マリアが問いかける。

「ねえ、シーラ。王都に着いてからは予定があって？」

「え？　いろいろ見ては回るつもりだけど、特にないかな」

「そう、よかったわ」

「？」

王都に着けば、シーラはルピカたちと別れて一人旅をする予定だ。たくさん観光して、可愛い服を買い、美味しいものを食べたい。

その前に何かがあるのだろうかと、首を傾げる。

「わたくしたちが魔王を倒した祝賀パーティーが城で開かれるから、ぜひシーラにも出席してほしいの。ご馳走《ちそう》がでるわよ」

「本当？　楽しみ！」

「そう言ってもらえて嬉しいわ。パーティーの前に、シーラにもらった薬草とポーションの代金も支払うわね。今はあまり多くの持ち合わせがないから、ごめんなさい」

「え、それは別にいいよ」

マリアの言葉に、シーラは首を振る。

もともと、薬草をあげる代わりに王都までの道を教えてもらうだけの予定だったのだ。しかし結果的に、帰り道に同行させてもらい、村の外のことを教えてもらい、食事や寝床まで用意してもらっている。

これ以上シーラが望むことなんて、何もない。

むしろ、あの薬草一つでここまでしてもらうのは気が引ける。追加で薬草をあげた方がいいのではと考えてしまうほどだ。

けれど、そんなシーラとは反対に、ルピカもマリアの意見に賛同する。

「シーラさんの薬草とポーションには、とても救われましたから。あの森の中、シーラさんがいなければわたくしたちはどうなっていたか……。気にせずに、受け取ってください」

「そう、言うなら……ありがとうございます」

二人の厚意を、素直に受け取ることにした。

精霊がこの辺にいないので、薬草を採取するのが難しくなったというのが大きな理由だ。何かあったときのために、お金は貯《た》めた方がいいと判断した。

「馬車にも乗れて、とっても楽しい。ありがとう、二人とも。森の中でクラースさんに会えてよかった」

「それはこちらの台詞《せりふ》です。シーラさん、王都に着いたらぜひわたくしの屋敷に泊まってくださいね。歓迎しますから」

「わぁ、ありがとうルピカさん」

嬉しい申し出に、シーラはへらりと笑う。

今まで家族と一緒だったので、やっぱりいきなり一人で宿というのは寂しいものがある。素直に泊めてもらうことにしたけれど、いっそ宿がよかったと思うなんて——このときのシーラは思いもしない。

＊＊＊

馬車の中で昼寝をしたり、雑談をしたりしていたら、日が落ちる前に街へ着いた。

シーラにとって初めて、村ではない場所だ。街は人が多く、村よりもずっと賑やかで……自分が今まで見てきたものがなんだったのかと思ってしまうほどだった。

——すごいなぁ、都会って。

泊まる宿に馬車を預け、出発する明日の昼までは自由行動になった。

「ルピカさんとマリアさんは、どうするの？」

一人で何をすればいいかわからないシーラは、出かけるらしいルピカたちに行き先を尋ねる。もし自分も行けるような場所ならば、ついて行きたいと思ったのだ。

「わたくしとマリアは、杖《つえ》を買いに武器屋へ行きます。魔王との戦いで壊れてしまったので」

「杖？」

「そうよ。杖があると、魔法のコントロールがしやすいし魔力の増幅もしてくれるもの」

「そうなんだ……？」

シーラは今まで杖を使ったことがなく、村にも杖を使っている人はいなかった。なので、二人の話を興味深く思う。

ルピカが「一緒に行きますか？」と言ってくれたので、シーラはすぐに頷いて「もちろん」と返事をする。

ひとまず重い荷物は宿の部屋に置き、小さな鞄《かばん》とお財布を持っていざ武器屋へ。

二人が買う杖は、王都に帰る道中で使うためのつなぎのものだと教えてくれた。王都に帰れば、いつもお願いしている鍛冶屋がいるからそこで改めて杖を作るのだという。

「シーラは杖を使わないの？」

マリアが「便利よ」と言ったあとで、シーラに問いかける。

けれどシーラは、杖を使うということすら今知ったばかりなのだ。どうしたらいいかなんて、わかるはずもない。

「杖を使う人が、周りにいなかったので……」

それに、別に杖がないからといって不便さを感じたことはない。

「治癒も攻撃も、一応問題なく使えたから」

「シーラは治癒魔法だけじゃなく、攻撃魔法も使えるの？」

「うん。私の村は十五歳になると成人の儀で魔物を一人で倒すんです！　なので、魔法じゃなくてもいいけど、攻撃手段は必須です。お兄ちゃんは鍛えているから体術が得意だけど、私は魔法だけ」

「それは大変ね……」

シーラの答えにマリアが驚き、さらにルピカがハードな内容に顔をしかめる。

しかしこれは、シーラにとって当たり前のことだった。むしろ、成人の儀で魔物を倒さない人がいるのか！　と、驚いたほどだ。

「なら、杖を試してみてもいいと思うわ。もし魔法が使いやすくなるなら、それにこしたことはないもの。使ってみて不要だと感じたら、別に使う必要はないわ」

マリアの提案を聞き、シーラも試すくらいならいいかと思う。

「それもそうか……うん、私も杖を探してみます！」

「ええ、そうしましょう！」

三人でお揃いにするのもいいかしらとマリアがはしゃぎ、ルピカは「何を言ってるんですか」と呆れぎみだ。


武器屋にはすぐ着き、シーラはショーウィンドウ越しに初めて杖というものを目にした。住んでいた村には剣やナイフはそれなりにあったけれど――さすがは都会。シーラの村とは比べ物にならないほどの武器や杖が並んでいた。

武器屋の中へ入り、物珍し気にきょろきょろと店内を見回す。

シンプルな鉄の剣に、宝石などの装飾がされた綺麗な剣。一つの武器だけでもさまざまな種類があり、見ているだけでも十分楽しい。

ふらぁっとナイフのコーナーへ行きそうになっているシーラを見て、ルピカが慌てて引きとめる。

「シーラさん、杖はこっちですよ」

「あ、はい！」

店の奥にある杖のコーナーに行くと、短いもの、長いもの、装飾のバリエーション豊かなものなど、たくさんの杖が用意されていた。

「おおぉ、すごい！　これが杖かぁ」

シーラは目をキラキラさせて、確かに杖を持って魔法を使ったら格好いいかもしれない！と考える。

楽しそうなシーラを見て、ルピカは杖を手に取りシーラに渡す。

「杖に少しだけ魔力を注いでみてください。そうしたら、その杖と相性がいいかがわかります」

「なるほど……ん？」

「シーラさん？」

ルピカの言葉に従おうとしたところで、ふと違う杖がシーラの視界に入る。くすんだエメラルドグリーンの宝石が付いた、少し古びた短めの杖だ。

――あの宝石、シルフの召喚石に似てる。

ルピカから渡された杖を一度返して、シーラは気になったその杖を手に取る。

すると、ふわりと一陣の風が吹き――着けていたブレスレットが淡く光った。シルフの召喚石で作られた、シーラの宝物の一つだ。

第六話　シーラと精霊

共鳴――という言葉が、当てはまるだろうか。

シーラが持つシルフの召喚石のブレスレットと、杖《つえ》。

その二つが淡い光に包まれている光景は、まるで互いに何かを求めているようだ。

突然のことにルピカとマリアが慌てるけれど、シーラは落ち着いている。精霊が、自分の呼びかけに応えてくれるときの感覚と同じだ。

「シーラさん!?　いったい、なにが起きているんですかっ」

何か危険があるのではないかと、ルピカが声を荒らげる。けれど、シーラはいたって冷静に返事をする。

「大丈夫だよ」

「そ、そうなんですか……？」

「うん」

シーラは杖を観察しながら、なるほどと内心で呟《つぶや》く。

「力が足りないみたい」

「力？」

シーラの言葉に、ルピカとマリアの二人はいったい何のことだと悩む。

杖に使われているシルフの召喚石の欠片《かけら》に、魔力がまったく足りないのだろう。杖はシーラの魔力をどんどん吸い取り、力を取り戻そうとしているのだ。

「長い間、使われてない子だったんだねぇ……」

召喚石の欠片が付いた武器には、その精霊の眷属《けんぞく》が宿っているのだ。

それにより精霊の眷属の力を使うことができる。シーラの村では、剣にシルフの召喚石の欠片を付けたりしていた。そうすることによって、切れ味が格段によくなるのだ。

また、召喚石の欠片に宿った眷属と一緒に戦うことができるようにもなる。

――でも、いったいどうなってるんだろう？


シーラがいた村では、召喚石の欠片がこのように魔力枯渇を起こすことはなかった。それは自然に溢《あふ》れる魔力を吸収し、自発的に魔力を得ていたからだ。

不思議に思いながらも、これでシルフの眷属が助かるならばそれでいいだろうと魔力を吸わせ続ける。

各精霊の召喚石には、『召喚石』と『召喚石の欠片』が存在する。『召喚石』は下位精霊自らが持ち、『召喚石の欠片』は下位精霊が気まぐれに作るものだ。

シーラがシルフやウンディーネからもらっているものは、『召喚石』だ。それをアクセサリーにして、身に着けている。

この杖に付いているのは、『召喚石の欠片』だ。

その精霊の力が含まれているため、すぐに眷属たちが見つけて住みつく。それを手に入れた人間は、眷属の力をより強く借り、『召喚石の欠片』を媒体として精霊魔法を行使することができるのだ。


古びた杖は、シーラの魔力を得てキラキラと光を発し始めた。

「え、杖が……！」

「これは何!?　まさか、成長しているの？」

魔力を得た杖は、古く汚れていた部分が綺麗《きれい》に整えられ、少しだけその柄《え》を伸ばし成長した。

光は次第に収まって、まるで新品のような杖がシーラの手にあった。

「嘘《うそ》……」

「本当にもう、どうなっているの？」

まさかこんな現象が起きるとは思ってもいなかったため、ルピカとマリアは驚くことしかできない。

すぐに騒ぎを聞きつけた店主も出てきて、「どうなってんだこりゃ」と驚きの声をあげる。

それもそうだろう。

古くボロボロだからか、杖としてはずいぶん安い一万コーグという値段で並べられていた杖なのだから。こんな奇跡のような進化を遂げるなんて、いったい誰が想像できただろう。

すぐにマリアが、口をあんぐりと開けている店主に詰め寄る。

「店主、この杖はなんですの!?」

「え、この杖は俺のひいひいひぃ……ずっと前の祖父《じい》ちゃんの代からある杖でさぁ。いつか、この杖を使える人が来るはずだっていうのが口癖だったらしいんだけど……そんないいもんでもないから、ずっと売れ残ってたんでさ」

「使える人……？　それがシーラだというの？」

「それは、俺にはわからないんでさ。でも、きっとこのお嬢ちゃんだとは思いますでさぁ」

「……そう」

マリアと店主の会話を聞いているのかいないのか、シーラは杖を購入しようかどうしようか悩んでいた。

正直、シルフの召喚石のブレスレットがあるため、シルフの召喚石の欠片がついた杖は必要ない。不便はないし、何より今のシーラにとってみれば……一万コーグというのは大金だ。

それだけあれば、可愛《かわい》いお財布が三個は買える。美味《おい》しいものも、お腹《なか》いっぱい食べることができるし、快適な宿屋に泊まることだってできるだろう。

杖とどちらが大事かといえば、今のシーラなら宿泊代金を選ぶだろう。

――きっと、ほかの人が使ってくれるよね？

そう判断したシーラは、杖を置いてあった場所に戻した。

「え？」

すると、シーラ以外の全員の声が重なった。

「？　どうしたの？」

「どうして杖を戻しましたの？」

「やっぱり杖はいらないかなって……」

「えっ」

シーラが買わないと告げると、またも全員の声が重なる。

ルピカは、同じ魔法職として信じられないと言いながら、シーラが置いた杖を自分の手に取った。

「こんなすごそうな杖なのにですか⁉　シーラさんは、これが何かわかっているんですか⁉」

「え？　これはシルフの召喚石の欠片がついた杖だよ」

「シルフって……精霊のシルフですか？」

「そうだよ」

ルピカの質問に、もちろんと当たり前のようにシーラが答えた。

「私にはこのブレスレットがあるから、必要ないんだ」

きっぱりいらないと言うシーラに、今度はマリアが納得のいかない顔をする。

「でも……シーラが選ばれし者、みたいな雰囲気でしたわよ？」

「マリアさん、それは大袈裟《おおげさ》ですよ！」

そう言ってシーラが笑うけれど、どうやらマリアとルピカは納得がいかないらしい。もちろん、後ろで見ている店主も同意するように頷《うなず》いている。

譲らない雰囲気の二人に、どうしたものかと考え――正直に話すことにした。

「実は、お金をあまり使いたくないの。これから一人で旅をするから、手持ちは多い方がいいと思って」

「……なるほど」

それを聞き、マリアが盛大なため息をついた。

すぐに杖を手に取り、シーラへ告げる。

「なら、わたくしがこの杖をシーラにプレゼントしますわ！　ですから、シルフを召喚してみせてちょうだい」

「いやいやいや、買ってもらうのは悪いです！」

「全然、まったく、悪くありません!!」

「悪いですよ！」

村を出たシーラは、お金が大事なものだということを学んだのだ。

外の世界で生活するうえで、なくてはならないもの。それを、しかも一万コーグというシーラにとっては大金をぽんと支払うと言うのだから焦ってしまう。

けれどマリアはそんなシーラにお構いなしだ。

シーラの許可を得ることなく店主にお金を渡し、シーラに杖を持たせる。そして精霊を呼べるというのであれば、呼んでみせてと頼み込んできた。

「お願い、シーラ」

「え、えええぇ……」

杖を買う代わりに、精霊を召喚してみせて……なんて。そんな交換条件でいいのかなぁと思いつつも、ウンディーネのこともあり、精霊が心配なので了承することにした。

昨日召喚したウンディーネはすぐに消えてしまったけれど、今度は少しくらい話ができるかもしれない。

でも、今回は下位精霊のシルフではなく、シルフの眷属だから……やっぱりすぐに消えてしまうかもしれないと考える。

——あ、そうだ！

召喚するときに魔力を多く注げば、精霊も姿を維持していられるかもしれない。

「じゃあ、呼ぶね」

シーラは気軽に言ってのけ、手に持った杖を体になじませるようにゆっくり振る。

本来、精霊は自分の属性である自然から魔力を得ている。しかしこの杖にある欠片は、まったくその力を得ることができていない。

シーラの中にある魔力を大量に注ぎこみ、無理やり眷属を目に見える実体として呼び起こす必要がある。

——うん、ちゃんと眷属の気配は感じられる。

「怖くないよ、私のところへおいで。風の精霊シルフの眷属が一人――【ハク】」

力強いシーラの声に応え、風の精霊が姿を現した。

ふわりと店内に風が舞って、手のひらサイズの精霊が姿を現した。切りそろえた綺麗な緑の髪に、深い緑色の瞳。男の子の、風の精霊だ。

『うわぁっ！』

『名前を付けてくれてありがとう。ハク、気に入ったよ！』

「それはよかった。私はシーラ、よろしくね」

『うん！』

召喚石の欠片に宿った精霊の眷属には、名前を付けることができる。それにより、名付けた人間を主人と認めて一緒に戦ったりしてくれるのだ。

近くで見ていたルピカたちは、口元を手で押さえ目を見開いていた。自分たちの目の前で起こったことが、信じられないとその顔に書いてある。

いち早く反応したのは、マリアだ。

「うそ、本当に精霊が!?　精霊は絶滅なんてしていなかったのね……！」

「わたくしも、まさか生きているうちに精霊を目にすることができるなんて思ってもいませんでした」

驚くマリアとルピカをよそに、シーラは無事召喚することができてほっとしている。

「この子は、まだ名前のない風の精霊だったから私が名前を付けてあげたの」

「確か、ハクと言っていたわね。シルフではないの？」

マリアの問いに、シーラはハクがシルフの眷属であることを説明した。

風であれば、名前のある上位精霊ジン、下位精霊シルフ、その下に眷属がいて、召喚石の欠片を手に入れると名前を得ることができるのだ。ちなみに、実体化は名前がなくても可能だ。

「なるほどね」

「精霊はそのような仕組みになっていたんですね。初めて聞きました」

マリアとルピカが納得したところで、やっと落ち着いた……と思ったけれど、ハクが焦るように声を荒らげた。

『シーラ、もう魔力がなくて消えちゃいそう！』

「え、もう!?　かなりの魔力を送ったと思ったんだけど」

ぷるぷると震えるハクを見て、シーラは焦る。

『駄目なんだ、僕たちはこの地で姿を保てない』

「やっぱりそうなの……？　どうしてか、理由はわかる？」

『僕たち精霊の魔力を、吸い取られてる。その原因を排除しないと、ここで生きることができないんだ……っ！』

ハクの言葉に、そんなことがあるのかと驚く。

そのような場所があるというのは、今まで聞いたことがない。自然を愛する精霊なのだから、もし異変があれば自分たちで対処ができる。

となると、人為的に行われている可能性が高い。

『今はシーラの魔力があるからどうにか姿を保てるけど、力の弱い眷属たちは姿を現すこともできないんだ』

「どうすれば助けることができるの？」

「どうしてそんなことに……っ」

シーラが問いかけ、マリアもどうにかして解決しなければとその原因を一緒に聞こうと真剣な瞳でハクを見る。

しかしハクは、残り少ない魔力を使いマリアに風の刃を放った。

『……っ！　お前たち人間が、僕たちから魔力を奪っているのに!!』

「えっ!?」

風の刃はマリアの頬に一筋の傷をつけたが、それを気にしている状況ではなかった。ハクの口から告げられた言葉が、信じられなかったのだ。

そのようなことに、心当たりなんて何もない。マリアは「どういうこと」と詳細をハクに聞こうとするが――その姿は、返事をすることなくかき消えた。

「あ、ハク……っ！」

シーラの魔力をめいっぱい注いでも、たったこれだけの間しか会話ができないのかと悔やむ。けれどそれ以上に、精霊の身に何かが起こっているという事実を知り震えた――。

＊＊＊

宿の部屋に戻ると、ルピカとマリアは武器屋でのことにショックを受けて項垂《うなだ》れた。まさか、自分たち人間が精霊を苦しめているなんて思ってもいなかったのだ。

そして、それが本当であれば解決しなければならない。

作戦会議をするために、全員でアルフの部屋に集まる。

アルフとクラースにも精霊のことを説明すると、クラースはひどく驚き「絶滅したんじゃないのか!?」と叫んだ。

アルフは腕を組みながらも、考え込む。

「でも人間が精霊から魔力を奪っている？　そんなことが、あり得るのかな？」

「わたくしだって、考えたくはないわ。けれど、精霊がそう告げたのよ。嘘をつくとは、思えないもの」

マリアの告げる言葉に、全員が確かにと頷く。

続いて、ルピカが手を挙げ今後のことについて提案をする。

「わたくしは、原因を突き止めるために旅を続けようと思います。シーラさん、わたくしも旅にご一緒していいですか……？」

どうにか打開できないか考えるマリアと、手掛かりを探すためシーラの旅へ同行したいと言うルピカ。二人ともが精霊のことを大事にしており、行動しようとしている。

「もちろんいいよ！　でも、私に何か心当たりがあるわけじゃないよ？」

「ありがとうございます。主な情報は、王都を中心にしてマリアが集めてくれます。わたくしは、自分の足で調べたいんです」

「そういうことなら」

一人で旅を続けようと思っていたが、ルピカとの二人旅になった。

マリアも一緒に行きたそうにこちらを見てはいるけれど、すぐに動くことはできないため、王都でサポートをするとしぶしぶ告げる。

そして残る、男二人――アルフとクラース。

「もちろん、僕も行くよ！」

「俺は嫌だぞ。魔王討伐について行くっていうだけの話だったからな」

二人の意見が正反対になった。

「クラース、精霊の危機になんてことを言うんだ。精霊だよ、精霊！　憧れるだろう？」

「ねーわ、憧れなんて！　あのなぁアルフ、俺だっていろいろやることがあるんだよ！」

「……わかった。魔王を倒すまでの約束だったからな……」

肩を落とすアルフに、クラースはため息をつく。

二人のやり取りを見たシーラは訳がわからず、いったい何があるのだろうと隣に座っているルピカへ視線を向ける。

「ああ、シーラさんには話していなかったですね。クラースは元々、有名な盗賊団の首領だったんですよ。わたくしたちを襲ってきて、それをアルフが返り討ちにしたんです」

「へ、へぇ……」

くすりと笑い、ルピカは「仲間を見逃す代わりに、魔王退治にクラースが力を貸してくれることになったんです」と続けた。

仲の良いパーティに見えたので、そんな経緯があったとは思ってもみなかった。世の中はわからないものだなとシーラは苦笑する。

そしてやはり、お伽噺《とぎばなし》の主人公である勇者は圧倒的な実力を持っているのだなと感心する。

精霊を助けるのだと意欲を燃やしているアルフを見て、マリアが口を開く。

「アルフも難しいと思うわ」

「え、僕も？」

「あなたは勇者なのだから。一度王都へ行けば、そう簡単に出られないわ。……それに、ことの原因がわたくしたち人間だということも気になるわ。アルフが動くと、目立つもの」

今は様子を見た方がいいかもしれないと、マリアは肩をすくめる。

「本当に人間の黒幕がいるのだとしたら……そう考えると、ぞっとするわ。アルフはわたくしと一緒に、王都で情報収集をしてもらえないかしら」

「……そうだね、わかった。しばらくは様子を見るよ」

「ええ」

ひとまず話がまとまり、一息つく。

「ただ、なんの手がかりもないのが辛《つら》いですね。ここで分かれるか、それとも全員で一度王都に行った方がいいでしょうか？」

「どれほど深刻な事態かはわからないけれど、この状況に陥ったのはずっと昔でしょう。そう考えると、まずは王都で態勢を整えるのがいいかもしれないわね」

ルピカとマリアが王都行きを決めたのを見て、すぐにシーラが手を挙げる。

「王都！　私、行きたい!!」

「もちろん、歓迎するわ」

マリアは了承し、それならばと追加で提案をする。

「精霊の研究をしている人物を紹介するわ。もしかしたら、何かの手がかりくらいは得られるかもしれない」

「そういえば、精霊を研究している研究棟がありましたね。精霊研究はあまり目立ってはいませんでしたけれど、何か成果は出ているんですか？」

王都、王城の敷地内に精霊を研究している施設が存在する。しかし、絶滅したとされている精霊の研究なので、あまり人々から興味を持たれていないのだ。

今までに、驚くような研究結果を発表したりすることもなかった。

「成果なんて、ないわ。でも、手がかりくらいはあるかもしれないでしょう？」

「そうですね……何か情報が得られれば、十分ですね」

絶滅したとされている精霊を研究している人間は、多くはない。しかも、変わった人間が多いため新しく研究に加わる者も少ないのだ。

とんとん拍子で話を進める二人を見て、シーラは頼もしいなと思う。

「ありがとう、みんな。私一人じゃ、こんなすぐにどうすればいいかわからなかった」

きっと、何も考えず旅を続けていた可能性がかなり高い。

シーラは改めて、笑顔でお礼を言う。

「いいのよ。もしこの世界に、いいえ……この地域に異変があるのなら、わたくしもしっかり把握しておきたいもの」

「そうだよ。僕も精霊に会いたいからね」

気にせず大船に乗ったつもりでいればいいよと、アルフが笑った。そして次に、興味津々といった表情でシーラを見つめる。

「でも、マリアとルピカは精霊に会ったんだろう？　いいなあ、羨ましい。僕も会いたいけど、もう無理なの？」

「え？　うーん、魔力が保《も》たなくて、姿を維持できないっていうから……召喚して、力を使わせることになるのは可哀相《かわいそう》かも」

「それもそうだね、ごめん」

アルフに会わせてあげたい気持ちはもちろんあるが、精霊の状況がどうなっているかわからないので、むやみやたらに召喚するのはよくないだろう。

それなら、精霊に会うために頑張らないと、とアルフが笑う。

「とりあえず、話はこれで決まりね。今日は休んで、明日から急いで王都へ向かいましょう」

「わかりました」

マリアの言葉で解散になると、ルピカは立ち上がりシーラの手を取る。

「わたくしとシーラが同室、ここはアルフとクラース。マリアは一番奥の部屋を手配しているので、そちらを使ってください」

「え、わたくしだけ一人なの？」

「そうです。というか、マリアはいつも一人じゃないですか」

他人と一緒に眠るのは嫌いでしょう？　と、ルピカがマリアを見る。

「この前はみんな一人部屋だったじゃない。ルピカだけシーラと一緒なんてずるいわ」

「部屋の都合ですから」

仲間外れにしないでと、マリアがむくれる。

しかしルピカはそれを気にすることなく、シーラの手を取ってドアへ向かう。

「それじゃあ、明日は早いからおやすみなさい」

そう告げ、ルピカはシーラとともに部屋を出ていった。

＊＊＊

就寝の支度を済ませ、シーラとルピカは二つ用意されたベッドにそれぞれ潜り込んだ。

明かりを落としているため暗いが、相手が起きているかくらいは気配でわかる。シーラは小さな声で、ルピカの名前を呼ぶ。

「……どうかしましたか？」

「その、マリアさん……よかったんですか？　一緒の部屋じゃなくて」

「ああ、そのことですか？　大丈夫ですよ。マリアもああは言っていますけど、いろいろ考えることもあると思いますから、一人部屋の方が落ち着くはずです」

気にしなくていいですよと、ルピカが告げる。

「それより、シーラさん」

「はい？」

「旅へ同行することを許可していただいて、ありがとうございます」

嬉《うれ》しそうに告げるルピカに、「私こそ」とシーラも笑みを返す。

「それで、その……」

「？」

何か言いたそうにしているルピカの声。

そして、ベッドがきしむ音を立てる。ルピカが起き上がって、ベッドから出たのだということがすぐにわかった。

シーラはどうしたのだろうと、上半身だけを起こしてルピカの方を見る。

「ルピカさん？」

「あの、その、えっと……」

暗さに慣れ、シーラの瞳はルピカを映す。その頬は、少し赤くなっているようだ。

照れるようなその様子に、シーラは首を傾《かし》げる。

「もし、よければ、なんですが……。シーラと、お呼びしてもいいですか？　わたくしのことも、ルピカと呼んでいただけると嬉しいです」

その申し出に、シーラはぱあっと表情を明るませて笑顔になる。ずっとさんを付けて呼んでいたため、仲良くしているのにどこか距離があると思っていたのだ。

「もちろん、ルピカ！」

「ありがとう、シーラ」

もっと仲良くなりたかったんですと、ルピカが照れながら告げる。シーラも仲良くできたら嬉しいと思っていたので、その言葉にうんうんと頷く。

「あ、あの！　今日も一緒に寝てもいいですか？」

「うん！」

「こうやって誰かと一緒に寝るのは、シーラが初めてです。今まで、こんな友達はいたことがなかったので……」

「私でいいなら、いつでも大歓迎だよ」

ルピカがシーラの布団に潜り込み、一緒に横になる。

「ありがとうございます。精霊のことも、絶対に原因を突き止めましょう」

「うん。早く精霊のみんなが自由になれるといいね」

「わたくしも、たくさんの精霊に会ってみたいです」

精霊に会うのは、小さなころからの夢だったのだとルピカが照れながら告げる。

「とっても素敵な夢だよ！　落ち着いたら、ルピカのための召喚石の欠片も探そうね」

「え？　わたくしも持てるんですか？」

「もちろん」

シーラの言葉に、ルピカはぶわっと体が熱くなるのを感じた。自分とは一生無縁だろうと思っていた、伝説の存在になっている精霊の力を使えるようになると告げられたのだから。

「……ドキドキして、眠れそうにありません」

「おおげさだなぁ」

これからの旅が、もっと楽しくなりそうだと考えながら二人は眠りについた。

第七話　憧れの王都

予定していたスケジュールを限界まで詰めたため、早く王都へ着くことができた。

ここで一刻も早く情報を集め、精霊を復活させるのだ。

馬車の窓から覗いたシーラの目に飛び込んできたのは、高くそびえ立つ王城と外を隔てる門だ。見張りの兵士が立ち、王都へ入る人間の身分確認などを行っていた。

——うわぁ、すごい。

王都へ入るための列は長く、普通に待てばゆうに二時間ほどはかかるだろう。

まだまだ道のりは長そうだけれど、シーラの乗っている馬車はその列の横を進み隣に設置されていた一際豪華な門へと向かっていく。

「……？　あそこに並ぶんじゃないの？」

こっちの門は何だろうと、シーラはルピカに問いかける。

「向こうは、平民たちの出入り口になっています。わたくしたちは、こっちにある貴族専用の門から街へ入ります」

「なるほど……」

それに補足する形で、マリアも続ける。

「あちらの門は兵士だけが守っているけれど、こちらの門は騎士が守っているのよ」

「兵士と騎士？」

「そう。兵士は平民から。騎士は、貴族と腕の立つ一部の兵士から構成されているの」

「へえぇぇ……」

世間の常識を知らなかったシーラは、移動する馬車の中でいろいろなことをルピカやマリアに教えてもらっていた。

シーラの住んでいた村には、まとめ役としておばば様がいるだけだった。

しかし村から出た今は、王族、貴族、平民と身分がわかれることをルピカたちに教えてもらい知った。村から出てきたばかりのシーラは、もちろん平民だ。

シーラたちの乗った馬車は何の問題もなく門を通り、無事王都の中へ入ることができた。


「うわぁ、王都すっごーい!!」

「シーラ、くれぐれもフードは外さないでくださいね」

「はぁーいっ」

馬車の窓から外を見て、シーラは大きな瞳をキラキラさせる。今まで通ってきた村や街とは広さも、行き交う人々の数も、何もかもが桁違いで想像以上だ。

——これ以上、驚くとは思わなかったのに！

街中は歩道が整備されていて、大きな通りには馬車が走っている。ドレスを着た女性が優雅にショッピングを楽しんでいたりと、お店の数も多い。

広場には休憩できるベンチに加え、大きな噴水があった。水の都と呼ばれているこの王都は、街中に整備された川が流れていて涼しげだ。

街の中心部にそびえる王城を見て、シーラは思わず感嘆の声をあげる。

「すごいすごーい！　高い建物がたくさん」

「今までの街は、高くて三階建てでしたからね。中央に王城、北には神殿があって、東には学園があります。各ギルドも揃《そろ》っているので、活動拠点にしている人も多いですね」

「早く見て回りたいなぁ……！」

ルピカたちははしゃぐシーラを微笑《ほほえ》ましく思うも、残念ながら観光している余裕はない。

このパーティメンバーは、魔王を討伐してきた英雄たちだ。すぐ王城へ行き、国王への謁見や祝賀パーティーなどのハードスケジュールをこなさなければならない。

途中の街で出した早馬の伝令がしっかり仕事をしたようで、すでに国王は待機してくれているという話を門で騎士から聞いている。

シーラは王城に行かなくてもいいのだが、アルフの傷を治したりしたため、ルピカたちと一緒に国王に謁見することになっているのだ。

堅苦しい雰囲気が苦手なシーラは萎縮して拒否を示したが、「わたくしも一緒ですから」とルピカに押し切られてしまった。

キラキラした目で周囲を見つめるシーラには申し訳ないとルピカが思っていると、マリアが名案だとばかりに「王城を観光すればいいのよ」と手を叩《たた》く。

「え、あのお城を!?」

「そうよ！　シーラの好きに歩き回ってかまわないわ」

「なにそれすごい、ありがとうマリアさん！」

＊＊＊

中央に建つ、一番豪華な建物。

街よりも一段ほど高い場所に造られており、メインの王城を中心にして周りには五本の塔が建てられていた。深い青色の屋根には国旗が掲げられ、威厳が感じられる。

王城まで馬車でやって来たシーラは、みんなと別れゲストルームへ案内された。ルピカたちも謁見の準備があるので、それぞれに別の部屋へ行ってしまったため一人だ。

知らない場所、しかも豪華な王城。緊張してしかたがない。

シーラにあてがわれた部屋は、パステルカラーを基調とした可愛らしい令嬢用のゲストルームだった。

丁寧な細工の施されたアイボリーゴールドのテーブルは、ガラスが天板に使われ美しい。椅子に載っているクッションに施された刺繍《ししゅう》は細かく美しいデザインで、今までシーラが目にしたことのないものばかりだ。


案内をしてくれたメイドは、準備があると言って退室してしまっている。

「くつろいでいてくださいって言われたけど、どうすればいいんだろう？　うぅ、こんな豪華な部屋、落ち着かないよ……」

深い赤色の絨毯《じゅうたん》はとてもふかふかしているし、ソファも綺麗《きれい》な布で作られていて、柔らかなクッションが置いてある。とてもじゃないが、もったいなくて座っているのが辛《つら》いほどだ。

——いつまでここにいればいいんだろう？

時間もわからず、シーラの緊張は高まる。

そわそわして、じっとソファに座っているのが辛くなってきた。心なしかトイレにも行きたいが、この部屋には併設されていないようだ。

「あ、そうだ！　マリアさんがお城を観光してもいいって言ってたから……少し歩いてみようかな」

この部屋でそわそわしているよりは、きっといいだろう。

「少し見て、すぐに戻ればきっと時間も大丈夫」

たぶん。

トイレを探したいというそれらしい理由もつけて、シーラは王城を散策することにした。

ゲストルームから廊下へ出ると、すぐにトイレは見つけることができた。

村とは比べ物にならないほど綺麗な設備で戸惑うも、用を足していざ王城観光だとシーラは廊下を歩んでいく。

ステンドグラスを使った窓がある廊下の先には、渡り廊下があった。そこは中庭に続く道だったようで、色とりどりの花が咲く庭園が広がっていた。

「わぁ、すごい。綺麗なお花……！」

渡り廊下から庭に出ると、大きな薔薇《ばら》のアーチが目に入る。頂に赤の薔薇をおき、ピンク、黄色、白とグラデーションになるよう植えられている。

トゲがあるかと思い触れるのは止《や》めたが、怪我《けが》をしないよう手入れがされているらしく、前面にある薔薇はトゲが切り取られていた。

「精霊がいたら、喜びそうだなぁ」

特にウンディーネは淑《しと》やかで、綺麗なものを好む。普段であれば見せてあげるために召喚していたけれど、今はそれもできず歯がゆい。

薔薇のアーチをくぐり庭園を進んでいくと、シーラの耳に不思議な音が聞こえた。

『わぷっ！』

「……何だろう？」

今まで聞いたことのないそれに、首を傾《かし》げる。

好奇心旺盛なシーラはその声が気になり、発生源を探してみることにした。

庭園をさらに進んでいくと、色とりどりだった薔薇から一転、一面青薔薇に埋め尽くされた噴水のある場所へ出た。

「うわあぁぁ、すごい！　青の薔薇なんて、初めて見た」

シーラが普段目にしていたのは、赤や白などの薔薇だ。

自然に咲く薔薇で、青のものは見たことがなかった。そのためすごく驚き、「王都ってすごい！」と盛り上がる。

青薔薇に見とれていると、噴水の横で小さな影が動いたことに気づく。

「あ、さっきの鳴き声の子かな？」

ゆっくり噴水のそばに行くと、もふもふした毛玉のような生き物が顔を出した。じぃっとこちらを見つめ『わぷ』ともう一度鳴き、一直線にシーラの方へ突撃してきた。

「えっ!?」

あまりの速さに避《よ》けることができず、シーラは体で毛玉を受け止めるかたちになってしまった。そのまま後ろへ倒れ込み、尻餅をつく。

――びっくりした！

「ええっと、君は動物なの？」

『わぷーっ！』

シーラにすりすりと頬を寄せてご機嫌にしている毛玉は、どうやら言葉を話すことはできないようだ。

もちろん、シーラも動物の言葉を話すことはできない。村の近くに生息していたユニコーンやケルベロスは人語を話したため、意思疎通に問題はなかったのに……。

「わ、この子の毛……もっふもふだぁ」

頬に触れた毛が心地よくて、シーラは思わず抱きしめ返す。

綺麗な白色の体毛は、太陽の光をたくさん浴びているからかふわふわで触り心地がとてもいい。大きくつぶらな瞳はアンバーで、一途にシーラを見つめてくる。

「なんなの君は……っ！　すごくふわふわでもふもふで、可愛いよぅ！　ユニコーンの毛が白くて綺麗だと思ってたけど、それより淡くて白い色なんだ！　抱き心地はケルベロスが世界一かと思ってたけど、それよりずっともふもふする！」

村の近くにいた動物や魔物を思い浮かべ、わぷーと鳴く謎の生物を絶賛する。

「君、どこから来たの？　このお城の子なの？」

放し飼いされているのだろうかと、首を傾げる。

『わっぷぷ！』

「なるほど――ってわかんないよ」

『わぷー』

「でも、もふもふだから許すよ……」

もふもふが愛しい。

思わずすりよると、「パル様～」と誰かを捜しながらメイドが庭園へとやってきた。そしてメイドがシーラを見つけると、大きく目を見開く。

「パル様が人に懐いてる……!?」

「え？」

『わぷぅ』

「パル様？」

『わぷ』

驚いて声をあげたメイドを見てから、シーラは抱きしめているパル様と呼ばれたもふもふを改めて見る。『様』付けで呼ばれているだけあって手入れが行き届いているのか、その毛はつやつやのサラサラだ。

シーラが首を傾げてみると、パルは『わぷー』と可愛らしく鳴き、シーラのまねをするようこてんと体を傾けた。

「パルっていうんだね、偉い子なの？」

『わぷっ！』

「ごめんなさい、メイドさん。ここで花を見てたら、この子が飛びついてきて……」

「いいえ。わたくしも大声を出してしまい、申し訳ございません。パル様がレティア様以外に懐くのを初めて見まして……その、驚いてしまいました」

申し訳なさそうにするメイドに、シーラは「大丈夫です」と笑って見せる。そのままパルを抱き上げて、その体をよく見る。

鼻先をちょんと指でくすぐってやると、『わぷちょっ』と小さな可愛いくしゃみをした。

『わぷー！』

「くすぐったの、怒ってる。人見知りなの？」

『ぷぷっ』

くすぐられるのがあまり好きではなかったらしいので、シーラは優しく撫《な》でてみる。すると気持ちよさそうに目を細めて、パルが嬉《うれ》しそうにする。

そんなシーラとパルを見て、捜しに来たメイドがハッとした。

「わたくしはパル様のお世話係を仰せつかっております。失礼ですが、あなた様は……？」

メイドは一歩だけ下がり、ロングスカートの縁をつまんでゆっくりと礼をする。シーラが何者かメイドにはわからないが、自分より身分が上だと思っての判断だ。

「あ、そうでした。私はシーラ。ルピカたちと一緒に来たんです」

「え……ルピカ様たちと……？」

思わずたじろぐメイドに、シーラは「そうですよ」と頷《うなず》く。

すると、みるみるうちにメイドの顔が青ざめていった。

今日、魔王を討伐した勇者一行が王城へ凱旋《がいせん》することを知らない人間なんていない。もちろん、客人――シーラを連れてくるということもメイドならば伝達がなされている。

それは、シーラの目の前にいる彼女だって例外ではない。

「……」

思わず、二人と一匹の間に沈黙が流れる。

すぐ我に返ったのは、メイドだった。

「ゆっくりされている時間はありません、シーラ様！」

「え？　え？」

突然声を荒らげたメイドに、シーラはびくりと肩を揺らす。

「大声を出してしまい申し訳ありません……ですが、シーラ様を担当するメイドが困っていると思います」

「待ってる間にちょっと散歩をしようと思ったんだけど……まずかったみたいですね。ごめんなさい」

軽はずみな行動をとり、メイドさんを困らせてしまったのかもしれないことに気づく。

すぐ部屋に戻れば大丈夫だろうか？　なんて考えていると、ばたばたと急ぎ足で二人のメイドがやってきた。

シーラをゲストルームに案内してくれたメイドだ。

「あぁ、やっと見つけましたシーラ様」

「すぐにお支度をしましょう！　もう、陛下との謁見時間になってしまいます!!」

「は、はい……」

泣きそうになりながら「急いでくださいませ」と言うメイドに、シーラもつられて慌てる。

しかし、どうしてメイドがこんなにも慌てているか理解できなかった。それは、別段何か支度をする必要はないとシーラが思っているからだ。

服だって今着ているものしか持っていないし、汚れているわけでもない。

「ええと、特に準備することはないから大丈夫ですよ！　すぐに戻りますから……っ！」

「何をおっしゃってるんですか！　しっかり準備するようルピカ様より仰せつかっています。湯あみをして、着替えていただいて、爪も磨かせていただきます」

「ふぇっ⁉」

「わたくしたち二人は、ルピカ様付きのメイドですから、安心してお任せください」

まさかお風呂までしなければならないとは思っていなかったので、焦る。

のんびりお湯につかっていたら、みんなを待たせてしまうことは間違いない。思わず「このままで」と言いかけたら、泣きそうになっているメイドさんに睨《にら》まれた。

そこからはもう、あっという間だった。


パルを抱きかかえたまま、メイドに先導されシーラが部屋に戻ると――すぐ、部屋に備え付けられていた浴室へと連行された。

そのまま拒否できず全身を洗われて、オイルを塗りこまれてマッサージまでされてしまう。温かくて気持ちのいいそれは初めての体験で、やっぱりシーラは「王都ってすごい……」と思わず呟《つぶや》いてしまったほどだ。

――謁見の支度って大変なんだ。

「シーラ様、苦しいところなどはございませんか？」

「ど、どうにか……」

コルセットでくびれを強調し、ドレス部分がふわりと広がるよう中にはパニエを着る。靴は慣れないヒールのあるタイプで、思わず足がぷるぷるしてしまった。

エンパイアラインの白いミニスカートタイプのドレスは、前から後ろにかけて可愛らしいリボンが結ばれている。

シーラの長い耳が隠れるように、頭から被《かぶ》るレースタイプのヘアアクセサリーが低い位置に着けられた。それは薄い上着と繋《つな》がっているため、簡単に脱げることはないだろう。

「あ、耳……」

「これでしたら見えませんから、問題はありません。ルピカ様からしっかりするようにと、きつく言われておりますから」

「そうだったんですか。ありがとうございます」

どうやらルピカがシーラの耳の隠し方も考えてくれていたようで、ほっと胸を撫でおろす。

仕上げに爪を磨かれ、完成だ。

——こ、これで終わりかな？

ぜぇはぁと肩で息をするシーラを見ながら、メイドはやり切ったと誇らしげな笑みを浮かべる。そしてふと、シーラの足元にいるパルに気づいた。

「え、どうしてパル様がここに!?」

「ずっと一緒にいましたよ～。庭園で会ったんですけど、懐かれたみたいで」

「はぁ……すごいこともあるものですね」

ちなみに、パルのお世話係だというメイドも部屋までついてきたが、シーラが支度するのならばと部屋の外で終わるのを待っている。

部屋に戻る途中で、誰にも懐かないパルのお世話は、所在などを確認したり誘拐されないかなどを見て報告するだけのものなのだと、教えてくれた。


シーラは鏡で自分の姿をまじまじと見て、くるりと一回転してみる。スカート部分がふわっと舞って、なんとも可愛らしい。

「ありがとうございました。こんな素敵なドレスを着たの、はじめて」

「喜んでいただけてよかったです。このドレスは、シーラ様にお似合いになるだろうとルピカ様が選ばれたんですよ」

「ルピカが？」

メイドが告げた言葉に、ぱっと顔を輝かせる。

自分のために選んだと言われて、嬉しくないはずがない。

すると、部屋にノックが響きルピカが顔を覗《のぞ》かせた。

てっきりシーラのように可愛らしいドレスに着替えているのかと思っていたが、その姿はいつもとあまり変化がない。

魔法使いのローブに装飾などが増え、少し豪華になっているだけだった。

ルピカはシーラを見ると、すぐに駆け寄り顔をほころばせる。

「シーラ、よく似合ってます。よかった」

「ありがとう。でも、ルピカは？」

「わたくしは魔法使いなので、これでいいんです。シーラはパーティメンバーというわけではないですし、治癒魔法使いだからその方が似合いますよ」

「そうかなぁ？」

とても可愛いけれど、今までこんな豪華な服を着たことがなかったのでどこか落ち着かない。

ヘアアクセサリーがあるため耳が見えないので、どこからどう見ても普通の女の子だ。誰も、エルフだなんて思わないだろう。

「じゃあ、陛下のところに行きましょう。みんな準備が終わったから——って、パルがシーラに懐いてる？」

「あ、うん」

パルはルピカの視線が気になったのか、逃げるようにシーラの頭の上に乗る。床にいたときよりも目立っているが、シーラにくっつく安心感の方がそれに勝っているらしい。

驚かれすぎて、シーラは苦笑するしかない。

メイドたちのように大声で驚くようなことはしないけれど、ルピカは頭の上のパルをじっと見つめている。

「……どうしましょう、今から謁見だけど、シーラの上から降りてくれるかしら？」

「あ、そうか。一緒に行くわけにはいかないもんね」

頭の上に乗ったパルを摑《つか》んで下ろそうとするが、じたばた暴れていやいやするように鳴く。

『わぷー！』

「え、嫌なの？　でも、今から用事があるから離れ、てえぇぇっ」

『わぷぷー！』

シーラが力を入れて引きはがそうと試みるが、パルは断固として離れようとしない。懐いただけでも驚きなのに、ここまでべったりくっついているのがさらに驚きだ。

ルピカはどうしようかと考えるも、時間がないのでパルを一緒に連れていくことにした。

第八話　謁見と褒美

今からこの国で一番偉い人と会うのだけれど、シーラはドレス姿が落ち着かない。変に緊張をして、何かおかしなことを口走らないように気を付けようと心に誓う。

——村のおばば様と会うのとは、訳が違うよね？

シーラが今まで見た中で一番大きな建物、王城。

その頂《いただき》にいる人間は、いったいどのような人物なのだろうか。優しい人ならいいのだけどと、シーラは独りごちた。


さっきまでへにゃりと笑っていたのに、どこか緊張しているシーラを見てルピカは苦笑する。

可愛《かわい》らしい顔が、緊張でかちこちだ。そこもまた可愛いけれど、それではシーラが可哀想《かわいそう》だ。

どうにかして緊張をほぐそうと、ルピカが口を開く。

「シーラ、特に何もしなくて——」

「おやおや、これは魔王を討伐されたルピカ様ではございませんか！」

「——っ！」

ルピカがシーラに話しかけようとした矢先、割って入るよう言葉をかけられムッとする。

「このようなところで何をしているのですか……宰相殿」

一緒にいたシーラは、突然のことにきょとんとしながら話しかけてきた人物を見る。ルピカはシーラを庇《かば》うように前に立つと、棘《とげ》のある声色で言葉を返す。

彼はヘルトリート・ムカレティッツ。宰相の地位を預かっている人物だ。

あごひげを伸ばし、リボンで結ぶのがお洒落《しゃれ》だと思っている下っ腹の出た五十代の男性。宰相としてこの国を支える立場だが、ルピカにしてみれば邪魔な存在でしかない。

公爵という地位にあるため、話しかけられたら相手をしないわけにはいかない。権力を振りかざし、厄介だと嫌っている人間は多い。

「わたくしはこれから陛下への謁見です。宰相であるあなたは、陛下のそばに控えているべき人間ではなくて？」

こんなところで油を売っていていいのか？　――と、ルピカが遠回しに問いかける。ルピカの口調は普段のおっとりとしたものではなく、凛《りん》としていた。

「私も今から陛下の下《もと》へ向かうさ。おお、そちらが貴重な薬草を譲ってくださったお嬢さんか。ふむふむ」

「……シーラに近づかないでちょうだい。彼女は、こういった場には慣れていないの」

ヘルトリートがこちらに近づいて来たので、シーラは思わず後ろに下がる。

その様子を見て、ヘルトリートはにやりと笑う。その姿に品はなく、ぞわっと背筋が震えた。

「別に、取って食おうなんて考えていないさ」

大袈裟《おおげさ》に、「やれやれ」と宰相が肩をすくめる。

そしてすぐに、その視線は再びシーラに向く。舐《な》めまわすようなそれに、シーラは嫌悪を感じてさらに一歩後ずさる。

「お嬢さんは、名をシーラというそうだね。どこの村の出身だい？」

「は、はい。ええと、村には……特に名前がありませんでした。ここは違って、とても小さな村ですし……」

王城の敷地だけで、シーラの村がそのまますっぽり入ってしまいそうだ。それほどまでに、この街が、王城が広かった。

なるほどなるほどと告げながら、さらにヘルトリートは口を開く。

「そうか。どの辺りにある――」

「宰相、いい加減にしてちょうだい。陛下がお待ちだわ」

「ああ、そうだったね。私も一緒に行こう。……それから。陛下の御前だ、そのヘアアクセサリーは大きく顔を覆っていて失礼だから取るように」

「――っ！」

シーラのヘアアクセサリーは、エルフの耳を隠すためにあえて大きいものを選んでいる。しかしヘルトリートは着けていたいのならば、もっと小さく上品なものに替えなさいと告げる。

しかし、このヘアアクセサリーを取るとシーラの長い耳がばれて不審に思われてしまう。

もちろん、エルフはお伽噺《とぎばなし》のような存在だ。エルフだという結論がすぐ出ることはないだろうが、相手は国王。

シーラのことを調べられて、村まで突き止められてしまい大事になってはたまらない。

ぎゅっとヘアアクセサリーを押さえるシーラを見て、ヘルトリートはにやりと笑う。

「おやめになって。シーラは傷を負っていて、隠すために大きなヘアアクセサリーを着けているのよ」

「傷を……？　そんなところにか？」

「え、あ、は……はい」

ルピカのフォローに、シーラはこくこくと頷《うなず》く。

その様子を見て、ヘルトリートは面白くなさそうに顔をしかめる。そして、シーラのすぐ後ろに控えていたメイドを見て「本当か？」と問いかける。

彼女はその場で一礼し、「はい」と告げた。

「シーラ様の耳の根元からこめかみにかけて、とても大きな傷がございました。……いくら陛下の御前とはいえ、シーラ様は女性です。隠したい気持ちは、とてもよくわかります」

シーラの湯あみを手伝った二人は、王城勤務のメイドだ。けれど彼女たちは、その中でもルピカ付きということをヘルトリートは知らない。

「……そうか」

二人のやり取りを見て、シーラは内心で驚く。

ルピカの話には咄嗟《とっさ》に合わせたけれど、まさかメイドまでもが口裏を合わせてくれるとは思わなかったからだ。

悲しそうに話すメイドを見ていると、本当に自分のこめかみに傷があるのでは……と思ってしまうほどだ。

——このおじさんの方が、偉い人だと思ったけど。

そうでもないのかもしれない。ともあれ助かったので、あははと誤魔化《ごまか》すように笑う。

「そろそろ行かないと……もうずいぶん陛下をお待たせしてしまっているのでは？　宰相殿」

「……そのようだな」

二人は睨《にら》み合うようにしながら、謁見の間へと向かった。

「……なんか、お城って大変だ」

そうぽつりと呟《つぶや》いたシーラも、あとを追う。

＊＊＊

謁見の間には、金色の糸で刺繍《ししゅう》の施された深い赤色の絨毯《じゅうたん》が敷かれていた。両脇には騎士たちが控え、最奥の壇上には豪華な椅子があり国王が座っている。

室内を見回すと、壁の窓からは王都の景色を一望することができた。国王が自分こそがこの国に必要な人間なのだと告げ、見下ろしているかのようだ。

国王の前にひざまずく、シーラ、ルピカ、アルフ、クラースの四人。シーラの腕の中ではパルが大人しくしていて、うとうとと今にも眠ってしまいそうにしている。

マリアの姿が見えないため、シーラは一緒にいなくていいのだろうかと首を傾《かし》げる。ルピカたちが普段通りなので、おそらく問題ないのだろうとは思っているけれど。

「英雄たちよ、顔をあげなさい」

国王の言葉を聞き、シーラは静かに顔をあげて前を見る。

椅子に座っている姿を確認し、なるほどこれが王様というものなのか……と、シーラは物珍し気にその姿を観察する。

体格はでっぷりとしており、自分で戦うことを知らない王だということが見てとれる。きらびやかな装飾品は贅《ぜい》を尽くしている。

そしてその横には、綺麗《きれい》な白と桃色のドレスをまとったマリアが立っていた。

——え、どういうこと？

シーラは大きく目を見開いて驚く。すると、ルピカが小声で「マリアはこの国の王女なの」と教えてくれた。

こちらを見下ろす国王は、ひとつ咳払《せきばら》いをしてから話し始める。

「勇者アルフよ、よくぞ魔王を討伐してくれたな。大儀であった」

「ありがたきお言葉」

満足そうに微笑《ほほえ》む国王は、続いてルピカたちにもねぎらいの言葉をかける。そしてシーラに目を留め、「貴重な薬草を譲ってくれたそうだな」と告げた。

「は、はいっ！」

まさか自分に話しかけてくるとは考えていなかったので、焦りながら返事をする。そしてすぐに、そういえばお礼をもらえるのだったことを思い出す。

「エレオノーラから、そなたがいなければ勇者アルフの命が危なかったかもしれないと聞いた。魔王から受けた傷とは、何とも厄介なものなのだな」

「いえ……」

一瞬エレオノーラとは誰だと思ったが、マリアの名前だということを思い出す。シーラの活躍を国王に伝え、褒賞を出すように伝えたのだろう。

「ええ。シーラがいなければ、わたくしたちはまだ帰還できていなかったと思いますわ。わたくしも、シーラの薬草にはずいぶん助けていただきましたから」

「役に立ってよかったです」

マリアの言葉を聞き、シーラは安心したように微笑む。

どうにかこの場も乗り切れそうだと思っていると、国王が手を上げた。それを合図に、文官が袋をトレイに載せシーラの前へやってきた。

ずしりと重そうで、お金が入っているのであれば、間違いなく今シーラが持っている全財産よりも量が多い。

というよりも、シーラの財布に入り切らないほどのお金が詰まっているのだろう。

「これは、そなたへの褒賞だ。受け取るがいい」

「薬草の代金は、後ほど別に渡します。これは、森でわたくしたちを救ってくれたことに対する陛下からのお気持ちです。気にせずに受け取ってちょうだい」

さすがに、予想していたより金額が大きすぎて受け取るのを戸惑う。助けを求めるようにルピカをちらっと見るが、「もらっていいんですよ」と笑顔で返された。

「……いいのかな？　えっと、ありがとうございます」

シーラは頭を下げ、ありがたく褒賞を受け取った。


そして次に、ルピカたちへ爵位や褒賞が与えられた。

「ルピカ・ノルドヴァル。己の魔力を限界まで鍛え、魔王討伐の際もその魔法で度々活躍したと聞いている。そなた個人に新たな爵位と領地を授けよう」

「ありがたき幸せ」

ルピカは侯爵家の令嬢だが、その跡を継ぐのは双子の兄だ。どこかへ嫁ぐ未来しかないと思っていたため、今回の褒美は彼女にとって嬉《うれ》しいものだった。

のんびり貴族の夫人として暮らすよりも、魔法使いとして過ごしたいのだ。

「クラースといったな。そなたは、爵位も領地もいらぬとエレオノーラから聞いている。褒賞として金貨を用意したので、受け取るといい」

「ありがたき幸せ」

クラースは、盗賊という性分もあり、身分や地位などはいっさい望んでいない。それが枷《かせ》となって自由にできないのならば、代わりに大金をもらってさっさとずらかりたいのだ。

マリアの助言もあり、クラースは面倒な褒賞を押し付けられずにほっとしている。


そして最後は、勇者としてパーティを率いてきたアルフへの褒賞だ。

国王はにんまりと笑い、声高らかに宣言した。

「勇者アルフよ。そなたの活躍を讃《たた》え、我が娘――第二王女との結婚を許そう」

まったくもって予想していなかった褒賞に、シーラが思わずアルフをガン見してしまったのも仕方がないだろう。

「え……っ」

それはひどく小さな声だったけれど、確かにシーラの耳に届いた。

困惑した……アルフの声だ。

――おめでたいこと、じゃないのかな？

結婚というものは、とてもおめでたいものだ。シーラの村では、村人が総出で祝福して昼夜お祝いモードになる。そのため、国王の告げたこの結婚もいいものだとシーラは思った。

しかし、当の本人であるアルフが全然嬉しそうではない。もちろん、国王の手前アルフは笑顔を崩してはいないけれど、悲痛さがひしひしと伝わってくる。

その様子が気になったシーラは、隣にいるルピカへ小声で問いかけた。

「アルフさんと第二王女様って、恋人なんですか？」

「違いますよ。おそらく、会ったのも数回とかだと思います……」

「えっ」

今度はシーラが困惑した声をあげる。

村では惹《ひ》かれ合った男女が結婚するし、親が無理やり結婚させるようなこともない。数回しか会ったことがないのに、どうして結婚なんていう言葉が出てくるのかシーラには理解できなかった。

村とは違い、地位を持つ者には政略結婚というものがあるのをシーラは知らないのだ。

勇者であるアルフはもともと平民であったが、その功績から爵位を得ている。

とはいえ、彼は政治的な地位を望まない。相手の令嬢の親――今の国王のように、縁談をという申し込みは多くあるけれど。

普段であれば断るが、いかんせん今回の相手は国王だ。ここで申し入れを突っぱねるという判断が、アルフにはできなかった。

「……ありがたき幸せです」

すんなり了承の言葉を口にするアルフを見て、シーラは驚いた。

そんな相手と結婚できるのか、と。いや、了承せざるを得ない状況がおかしいのだとすぐに気づく。けれど、シーラに何とかする力はない。

そのまま謁見は終わり、村の外の世界は横暴なのだということをシーラは知った。

＊＊＊

シーラは用意されたゲストルームへ戻ると、ぐったりソファに沈み込む。隣には一緒に戻ってきたルピカが座っていて、「お疲れ様」と声をかけてくれた。

控えていたメイドが紅茶とお菓子を用意してくれたので、一息つく。

「シーラには慣れないことですよね。でも、貴族なんてあんなものなんです」

「貴族って怖い……」

「うん、無理」

苦笑しながら、ルピカはシーラの頭を撫《な》でる。

「この後は祝賀パーティーがありますけど、それが終わったら自由ですよ」

「ううう……私には難易度が高いよ」

もういっそ、このまま逃げるように旅立ってしまいたい。

そんなことを考えていると、ノックの音がしてマリアが入ってきた。その後ろには、アルフとクラースもいる。

「マリアさん、アルフさんとクラースさんも」

「お疲れ様、シーラ。薬草の代金を持ってきたから受け取ってちょうだい。さっきの褒美はわたくしたちのことを助けてくれたものだから、それとは別よ」

「王都まで連れてきてもらっただけで十分なのに……」

先ほどよりは小ぶりな袋を渡されたけれど、やはり十分な重さがある。申し訳ないと告げてみるが、「もらいなさい」とマリアに一蹴されてしまう。

マリアはメイドたちを人払いすると、ソファに腰かけ一息ついた。テーブルの上に用意してあったティーポットから自分で紅茶をそそぎ、優雅に飲み干す。

シーラは受け取ったお礼の中を見ると、たくさんのお金が入っていて目を見開く。

「ちょ、こんなにたくさんはいただけないよ！　あの薬草、冒険者ギルドでの買い取り金額は五〇〇〇コーグだったのに！　しかも、さっき代金とは別にお礼だってもらったよ⁉」

国王の前でもらった褒賞だって、これよりもっと多かったのだ。

マリアにもらった袋の中にも、シーラがすぐには数えられないほどのお金が入っていた。ざっと少なく見積もっても一〇万コーグはあるだろう。間違っても、薬草の代金には多すぎる。

シーラはずっしり重たい袋を返すように突き出して、ふるふると首を振る。

その様子を見たクラースが「もったいねえことすんな」と笑う。

「そんなん、受け取っとけばいいんだよ。金なんて、いくらあっても困るもんじゃねぇだろ？　俺だって大金をせしめてやったぜ」

「そうよ。むしろ、少ないくらいだわ」

「クラースさん、ルピカ……」

何か美味《うま》いものでも食えと言うので、シーラは仕方なく受け取ることにした。すると、「そんなことより」とクラースが続ける。

結構大事なことだよ？　と思うシーラだが、クラースが続けた言葉を聞きハッとした。

「問題はアルフだろ？　お前、第二王女と結婚したいのかよ」

「したくないに決まってるだろ……魔王を倒したら田舎に帰ろうと思ってたのに」

「……いなか」

勇者の望みが田舎なのかと、シーラは思わず苦笑する。田舎で暮らしてきたアルフは、王都の忙《せわ》しなさがあまり合わないのだと言う。

勇者として功績をあげ、その褒賞をもらい故郷で両親とのんびり過ごしたかったらしいのだが――王が、それを許しはしなかった。

まだまだ自分の下にいてもらい、利用しようと考えているらしい。アルフは強く、国民からの人気も高いのだ。手元に置いておくに越したことはないだろう。

話を聞いていたマリアは、大きなため息をつく。

「大方、あの子がアルフと結婚したいとお父様に泣きついたんでしょう。お父様は、あの子に甘いから」

「第二王女に、か？」

「ええ。わたくしのように強気な娘ではなく、甘えてくれる娘の方が好きなのよ」

「クソだな」

マリアの言葉に、クラースが舌打ちする。

「まぁ、王族がすぐ婚姻することはできないわ。せいぜい、婚約期間に嫌われて婚約を破棄させるしかないわね」

「そうすれば結婚しなくていいのか、なるほど」

「…………」

マリアの言葉に納得したアルフが、それなら頑張れるかもしれないと言い出し、一同は若干不安になる。

誰にでも優しく素直で、困った人がいれば必ず手を差し伸べ、悪口や乱暴な言葉すら口にしないアルフが、誰かに嫌われるなんて芸当……できるわけがない。

やる気になっているアルフに、それは無理だ、とは言いたくない。全員口を噤《つぐ》み、見守ろうと頷きあう。シーラも、何か申し入れがあれば助けになろうと思った。

『わぷぅ……』

と、ここでのん気な声が部屋に響く。

「そういえば、忘れていました。シーラ、どうしてパルと一緒にいるの？」

「あ、そういえばそうだった」

庭園で出会ったことをマリアたちに説明すると、なるほどと頷いた。

「でも、ちょうどいいわ。パルは、紹介しようとしていた精霊に関する研究をする人物のパートナーなの。いわゆる、使い魔のような位置づけね」

「そうだったんだ……」

「ちょっと、いえ、かなり？　変わった人だけれど、パルが懐いたのなら歓迎はともかく話は聞いてくれるはずよ。パルを返しに行きがてら、少し話を聞いてみましょう」

マリアの提案に、ルピカとアルフも頷く。

クラースだけは「面倒事はごめんだからパス」と告げた。まぁ、もとよりあまり人を巻き込むつもりはないのでそれでいい。

そんなクラースを、マリアがくすくす笑って挑発する。

「まったく、クラースは付き合いが悪いわね！」

「うっせえ、盗賊を何だと思ってるんだ」

「アルフにあっけなく負けたくせに」

「あーもーうっせぇ!!」

シーラはぶーたれているクラースの下まで行き、ぺこりと頭を下げた。その行動に驚いたクラースは怪訝《けげん》な顔でシーラを見る。

「な、なんだ？」

「無事にここまで来られたのは、クラースさんに会えたおかげなので。いろいろ、ありがとうございました」

「そんなことか。子供が気にすんなよ」

シーラの頭をぽんと叩《たた》いて、「気をつけろよ」とクラースが笑う。それに笑みを返して、「クラースもね！」とシーラが言う。

そして心配そうに、言葉を続ける。

「ほら、クラースは自己治癒能力が低そうだから」

「あほか。お前の治癒力がバケモンなんだよ！　いったいどうやったら、そんな治癒力を身につけられるってんだ。俺だって、一応これでも自己治癒能力は高い方なんだぞ」

まぁシーラに言っても仕方がないかとクラースはため息をつく。

そんなやり取りを終えて、シーラたちはパルの飼い主に会いに行くために部屋を出た。

第九話　研究棟の変わり者

王城の敷地内にある精霊の研究棟。
そこまでの距離は少し離れているため、研究員以外が訪れることはめったにない。王城から歩くと、一〇分ちょっとの時間を必要とする。
赤い屋根のシンプルな建物は、兵の訓練施設から遠く静かで、まさに研究するにはもってこいの環境だろう。入り口には、精霊のあしらわれたシンボルマークが飾られている。

シーラたちが今から会う人物は、若いながらも精霊魔法の研究を行っていて、魔法の腕も立つ。ただ、性格に難がある——とは、マリア談。

気難しく、研究ばかりしていてあまり人付き合いというものをしないのだという。

『わぷー』

「ここがパルのお家なのかな？　高いね～」

シーラはパルを抱いたまま、研究棟を見上げる。上の方が細くなってはいるけれど、その高さは普通の家の五階分だ。

「何か精霊の手がかりを摑《つか》めるといいのだけれど」

研究棟の前に立つと、マリアは扉をノックする。

しかし応答はない。

「いないのかな？」

「そんなことはないと思いますけど……」

首を傾《かし》げるシーラに、ルピカは首を振る。研究棟なのだから、最低でも数人の研究員がいなければおかしいのだ。

マリアは大きくため息をついて、もう一度ドアを叩《たた》く。

「レティア、いるんでしょう？」

しかしやはり無反応で、呆《あき》れたマリアはそのまま無遠慮に扉を開けた。

「うわぁ……」

中に入ると、薄暗い部屋には書類が散乱していて、どこを歩けばいいかわからない。とてもずぼらな人だとシーラが思っていると、抱きしめていたパルが突然腕の中を抜け出した。

そのまま床へ着地し、歩き始める。

『わぷぷ！』

振り返りながらこっちへ来いと言わんばかりのパルに、シーラたちは顔を見合わせる。

一番に行動を起こしたのは、マリアだ。その後に、アルフも続く。

「あら、レティアのところまで案内してくれるのかしら」

「ついて行くのがよさそうだね」

研究棟の一階には、三部屋ある。

入り口を入ってすぐのメインルームは、上階へ上がる階段と、別の部屋に続く二つのドアが付いている。パルは片方のドアへ向かい『わぷっ』と鳴く。

「そこにレティアがいるのね？」

マリアがノックせずドアを開けると、そこは一〇畳ほどの広さがある一室だった。個人の部屋として使われているのは、置いてある荷物からすぐにわかる。

その一番奥、窓の前にある机――そこに、革張りの椅子で膝に書類を載せたまますやすや眠る少女がいた。


二つに結んだ赤色の髪に、寝顔はどこか幼さが残る。膝丈のワンピースドレスの上から白衣を着ているので、間違いなく研究者なのだろう。

まだ十代半ばで、シーラとあまり変わらない年齢だ。てっきり年上の人だと思っていたため、シーラは驚いた。


パルはレティアの下《もと》へと行くと、その膝の上に乗って跳ねる。

「ん、んぅ……？　なにぃ？」

『わぷ』

無理やり起こされたレティアは、大きく伸びをして、しなやかな体を伸ばす。

眼を擦りながらパルを見て、「おかえりぃ」と言ってその体をもふもふする。そしてふと、自分以外の気配が室内にあることに気づいて視線を上げた。

「……あらぁ、王女殿下」

「起きたの？　精霊について話を聞きたくて、あなたのところに来たのよ」

「話を？」

珍しいと思ったのだろう、レティアは目を瞬かせる。

遥《はる》か昔に絶滅している精霊のことを調べたいと言う人なんて、ほとんどいないからだ。パルを優しく撫《な》でながら、レティアは笑顔で立ち上がる。

するると、膝に乗っていたパルがぴょんとシーラに飛びついた。

「あら、パルが懐いてる？　あなた、変わった人ね？」

『わぷぅ』

「シーラです」

「可愛《かわい》い名前。わたくしはレティア・オーウィル。……あら？」

レティアがシーラの前まで歩いてきて、まじまじと顔を見る。そして次に、シーラの持つシルフの召喚石の欠片《かけら》が付いた杖《つえ》に視線を向けた。「ふぅん？」と意味ありげに呟《つぶや》いて、にやりと笑う。

「なるほど？」

愛想笑いだったレティアの顔は一変、楽しそうなにやりとしたものに変わる。「お茶を淹《い》れるわ」と告げて、もう一つの部屋である応接室へとシーラたちを案内した。

「適当に座っていてくださいませ」

お茶の準備をするからと、レティアが一度席を外す。

通された部屋は応接室というだけあって、綺麗《きれい》に整理整頓されていた。オフホワイトで整えられた室内に、深緑色のソファ。壁には絵画が飾られており、落ち着く空間になっている。

三人掛けのソファに、シーラ、マリア、ルピカと並んで座る。アルフは横にある一人掛けのソファに座った。

どっしりと座ったマリアは足を組んで、シーラとパルを交互に見る。

「パルがシーラに懐いているからもしかしてと思ったけれど……こうも簡単に堅物レティアがわたくしたちを招き入れてくれるとは、思わなかったわ」

吐き捨てるようなマリアの言葉と、それに同意するルピカ。

「そうですね。今回のことでレティア様の利になることは考えにくいですから、やはりシーラに興味を持ったんだと思います」

「私？」

「シーラ、レティアに何かされそうになったら全力で逃げなさい」

「えええぇぇ」

いったい自分は何をされてしまうのだと、シーラはげんなりする。それを見たアルフは苦笑しているが、レティアという人物があまり好ましく思われていないのはわかる。

シーラはおずおずと手を挙げながら、マリアたちにどういった人物なのかを問う。

「レティアさんって、何者なの？」

若く、自由奔放だというのが第一印象だ。

けれど、腹の奥底で何かを考えているような笑みも見て取れ、一筋縄ではいかない人間という予想もできた。

「いい質問ね」

マリアがぴっと人差し指を立てて、シーラの問いに答える。

レティアは男爵家の令嬢で、爵位はそう高くはない。しかしなぜか、王城の敷地内に研究棟を与えられ、ある程度の発言も許されている。

誰も使わず、とうに絶滅したと思われている精霊魔法の研究をしているのに、だ。

「その精霊魔法だって、なんの研究成果も出ていない。それなのに、レティアには一定の活動資金が国から支給されているのよ」

おかしな話ねと、マリアが言う。

それにルピカも頷《うなず》き、言葉を続ける。

「わたくしも、おかしいとは思っていました。けれど、シーラ。あなたに出会って、精霊魔法が本当にあるということを知り、その考えを改めました」

「そう。……この国の一部は、精霊が存在している事実を知っているのではないかという可能性が出てきたわ」

真剣な瞳のマリアは、何かを考えるように口元に触れる。いったいどうすればいいのか、思案しているような表情。

もう一度マリアが口を開こうとすると、お茶を淹れたレティアが戻ってきた。

「お待たせしました。あと、クッキーもあったので持ってきましたわ。そうそう！　ほかの研究員たちは、上で議論をしているみたいで……殿下の来訪に気づかなかったみたい」

「まったく、研究員の躾《しつけ》がなっていないわね」

楽しそうな物言いにマリアが叱咤《しった》するが、レティアにはまったく気にした様子がない。にこにこ笑いながら、シーラの前にクッキーを置く。

「わぁ、美味《おい》しそう」

『わぷ！』

「ふふ、たくさーん食べてくださいな」

シーラがお菓子に目を輝かせて、お礼を言う。

「このクッキーは、王都で人気のあるパティシエが作ったものみたい。とてもいいものなの」

「え、そんなものを食べてしまっていいんですか!?」

「いいのよ。レティア、シーラは王都に慣れていないのだから、あまりからかわないであげて」

「そう？」

別にからかっているわけではないのよ？　と、レティアが微笑《ほほえ》む。とりあえずお茶をしながら話をしましょうということになり、シーラは早速クッキーに手を伸ばす。

「はぁ美味しい……甘い……幸せぇ」

「気に入ってもらえた？　なら、よかった。パルを連れてきてくれてありがとう」

「いえ」

レティアがパルを膝に乗せて、紅茶を口に含む。

ルピカたちも紅茶に口を付け、ここへ来た目的をゆっくりと話し始めた。もちろん、シーラが精霊を召喚できることなどは伏せて。


「精霊が絶滅していない可能性があるかどうか？」

「ええ。自分の魔力を使う魔法ではなく、他者の――精霊の力を借りて行使する精霊魔法を使えたなら……この国にも新しい発展があると思うの」

「なるほど？」

マリアの言葉を聞き、レティアは落ち着いた声で「いるわよ？」と簡単に口にした。それを聞き、まさかこんなすぐ手がかりを得られるなんてと驚きを隠せない。

「――！」

動揺を見せないよう、マリアは足を組み直してからゆっくりレティアに問いかける。

「では、なぜそれを公表していないの？」

「だって、公表しても精霊魔法を使えるようになるわけではないでしょう？」

そのため、特に公表の必要性がないとレティアは告げる。精霊がいることを告げても、それを証明することができないのだ。

マリアはレティアが嘘《うそ》をついていないか窺《うかが》うように、問いかける。

「なぜ使えないのか伺っても？」

「あら、それは研究中だわ。でも、強いて言うなら……そうね、精霊の力が足りないのかもしれませんね？」

「精霊の力が……？」

意味深に告げるレティアの言葉に、マリアは考え込む。同時に、シーラと一緒にハクから聞いた言葉を思い浮かべる。

精霊が人間の仕業で力が使えないということを、レティアは知っているのだろうか。もし知っているのであれば、この言葉は何かを示しているのだろうか。

今の言い方では、精霊たちに原因があるみたいだ。

「その研究結果を確認したいから、資料を提出してちょうだい」

「精霊がそんなに気になりますか……？　ふふ、でもわたくし……精霊もそうですけれど、今はシーラ様の方が興味深いですわ」

「私っ!?」

突然レティアに指名され、シーラはびくっと体を縮ませる。

上品に微笑んではいるけれど、何を考えているのかわからないレティアはなんとなく怖い。

「ええと、私はいたって普通なんですけど」

特に興味をそそるようなことはありませんと、首を振る。

「レティア、シーラにちょっかいをかけないでちょうだい」

すぐにマリアが助け船を出すが、レティアは気にしない様子でシーラを見つめる。

「その杖についているもの、召喚石の欠片でしょう？　とっても綺麗に輝いている。ねえ、あなたはいったい何者なの？」

「――っ！」

シーラの杖に付いているものを、いとも簡単に召喚石の欠片だとレティアは言い当てた。精霊の研究者という肩書は伊達《だて》ではないようだ。

「その杖を持つシーラ様にならば、とっておきの情報を教えてあげてもよくてよ？」

「あら、じゃあさっさとその情報を教えなさい」

おろおろするシーラに、早く情報をよこせと言うマリア。レティアは笑いながらマリアの言葉を躱《かわ》し、楽しそうにしている。

「殿下はせっかちすぎではなくて？」

「レティア」

厳しい声で名前を呼ばれ、レティアは「仕方がないですねぇ」と、降参するように両手を上げる。

「シーラ様にならお教えてあげます。夜、わたくしのところへいらして？　そうしたら、シーラ様の望むようにいたしますから」

「私が、ですか？」

「ええ。だってわたくし、殿下にお話しするようなことはありませんし……ああ、もしわたくしのことが気に障ったら、不敬だと追放していただいてもよろしくてよ？　そうしたら、殿下のほしい情報は得られなくなるでしょうけれど……」

「……この、変人レティア」

「誉《ほ》め言葉として受け取っておきますわね」

こうなってしまっては、どうあがいてもレティアから情報を得ることは無理だろうとマリアは判断する。これだから変人は嫌なのだと、悪態をつく。

マリアは席を立ち、「そろそろ行きましょうか」とシーラたちに声をかける。

「あら、もう帰られるの？」

「夜には祝賀パーティーですもの。レティアも参加するのでしょう？」

「本日でしたっけ？　そうね、シーラ様がいるならぜひ」

レティアの言葉は聞かなかったことにして、シーラは急いで立ち上がる。それを見てルピカとアルフもすぐに席を立ったので、内心でとてもほっとする。

ここはなんだか、とても居心地が悪い。

「玄関までお送りするわ」

レティアが応接室の扉を開けたので、全員で外へ向かう。シーラが横を通り過ぎたとき、「また夜に」と言われてしまい逃げ出したくなる。

——というか。なんでこの人、こんなに私に執着してるの!?

怯《おび》えるも、レティアが何か重要な情報を知っていることは明白だ。シーラはどうにかして話を聞きだしたいと考えるが、一人でレティアの下を訪れるのも何か嫌だ。

どうしようと悩んでいるうちに、夜——祝賀パーティーの時間になってしまった。

＊＊＊

シーラに用意されたゲストルーム。

そこには、盛装したルピカ、マリア、アルフの姿もある。シーラとルピカが隣同士に座り、向かいにはマリアが一人で座る。アルフは、横に置かれた一人掛けのソファに座った。

祝賀パーティー用にドレスアップしたマリアは、とてもイライラしていた。原因は言わずもがな、先ほどのレティアの態度だ。

「わたくしを何だと思っているのかしら」

「レティア様は変わっていますからね……。でも、彼女が精霊の存在を肯定したのは、大きな収獲だと思いますよ」

マリアをなだめるように、ルピカが話をする。

先ほどのレティアの口ぶりを考えると、少なくとも彼女は、そしてこの国の一部の者は精霊が存在するということを把握しているようだ。

ただ、それがどのような形であるのかがわからない。

「あんなにすんなりと話したのだから、精霊を助けるために奮闘していると考えるのが普通ですが……どうでしょう」

「レティアだから、何を考えているかまったくわからないわ」

精霊の研究棟……国を味方だと捉えていいのか。それとも、敵だと認識すべきなのか。今は情報が少なすぎるため、わからない。

「王女であるわたくしが知らないのだから、国の上層部でも一握りの人間しか知らないはずよ」

もう少し詳しく調べたいところだが、尻尾を掴むのが大変そうだとマリアがため息をつく。

幸いなのは、シーラがレティアに好かれている……ということくらいだろうか。

「シーラ、間違っても一人でレティアについて行っては駄目よ？　まったく、何をしてくるかわかったものではないわ」

「えっ！　う、うんっ！」

マリアの注意に、シーラが慌てて頷く。

「シーラは素直ですし、ころっとレティアに騙《だま》されてしまいそうで心配です」

「確かに……」

ルピカの言葉に、マリアとアルフが同意した。シーラとしてはそんなことないよと反論したいのだが、あいにく村には誰かを騙すような人はいなかった。

——なんていうか、やっぱり都会って怖い。

「わたくしもルピカも挨拶があるし、シーラの相手をするのは難しいわ。アルフには妹がべったりはりつきそうだし……クラースに見ていてもらうか、ご飯を食べているしかないわね」

「ご馳走《ちそう》！　大人しく食べてる」

さすがに、精霊の一件から手を引いているクラースに何か頼むのは申し訳ない。シーラは大人しくすみっこでご飯を食べて、パーティーが終わるのを待とうと考えた。

＊＊＊

時間になり、魔王討伐の祝賀パーティーが開催された。

天井にあるきらびやかなシャンデリアが室内を照らし、女性たちの装飾品を眩《まぶ》しいほどに輝かせている。楽しそうに歓談する人々、ダンスを行う人と様々だ。

シーラは淡い水色のドレスを着て、パーティーに参加している。

「うわぁ、これがパーティー」

確かに、マリアが言っていたとおり美味しそうな料理が並んでいる。人々の楽しそうな雰囲気は伝わってくるのだが、いかんせん人数が多いため緊張してしまう。

着慣れない服だけでも大変なのに、とても多くの人が会場にいるからそわそわしてしまうのだ。まだ、人が多いところには慣れない。

ルピカは大勢の貴族に囲まれて、笑顔で対応している。アルフは婚約者となる予定の第二王女をエスコートしなければいけないため、まだ会場には来ていない。

マリアも偉そうな男性と何やら話をしているので、シーラは完全にぼっちだ。

——うぅ、どうしよう。

立食形式のパーティーなので、とりあえずご飯を食べドリンクを飲み大人しく過ごす。他に知り合いもいないし、誰もかれもがお上品なので気後れする。

「でも、ご馳走はすっごく美味しい……！」

特に、チーズの載ったハンバーグがシーラのお気に入りだ。たっぷり肉汁が溢《あふ》れて、うまみが凝縮されている。

何個でも食べられるなんて思いながら、シーラは三個目を口にはこぶ。やっぱり美味しくてとろけそうな顔をしていると、「いい食べっぷりね」と楽しげな声が耳に入る。

「え？」

「楽しんでいらして？　シーラ様」

「レティアさん……」

声のした方を向くと、シャンパングラスを持ったレティアが立っていた。綺麗な白とロイヤルブルーを使ったハイウェストの上品なドレスに身を包んでいる。

先ほどまで白衣を着ていたとは、とても思えなかった。

「え？　えっと、こういったところは初めてなので……」

よくわからないというのが正直なところだ。一人でいるのもなんだか気まずいし、かといって誰かに話しかけたいとも思わない。

ただ、そのせいでレティアに話しかけられてしまったのはマイナスだろうか。

「初々しくて可愛い。パルもそう思うでしょう？」

『わぷっ』

レティアが名前を呼ぶと、パルがレティアの後ろから姿を見せる。その口はもぐもぐしていて、ご飯を食べているのだということがすぐにわかった。

パルは嬉《うれ》しそうにシーラへ飛びついて、満足そうに『けぷっ』と可愛らしく息をはく。

その様子を見て、レティアとシーラは二人で笑う。

「この子ってば、食いしん坊なの」

「パル、美味しかった？　料理ばっかり食べて、私みたい」

「シーラ様もたくさん召し上がってくださいませ。ここの料理は、どれも美味でしてよ？」

「もういっぱい食べました。どれも食べたことがなかったから、美味しくて食べすぎちゃったくらいです」

運動しないとやばいかもしれない、なんてシーラは笑う。

「でしたら、少し庭園を歩きませんか？」

「え、でも……」

レティアからの誘いに、シーラは焦る。マリアたちから、レティアとは関わらないようにと言われているのだ。

パーティー会場にいる分にはいいかもしれないが、二人でどこか……というのは、さすがによくないとシーラにだってわかる。

「そんなに警戒しなくて大丈夫よ？　ほら、パルも一緒ですもの」

『わぷぅ～』

安全だよと告げるように、パルがシーラにすり寄る。もふもふの毛が頬に触れて、パルがいるならいいのかな？　なんて考えてしまう。

「でも、マリアさんに怒られちゃうので……」

「……精霊のこと、知りたいのでしょう？」

「――っ！」

やっぱり無理だと断ったのに、レティアはシーラの胸にとんと人差し指を当てて微笑む。情報を知りたいのでしょう？　そう囁《ささや》く声に、頷いてしまった。

それは、シーラが誰よりも、この地の精霊を救いたいと思っていたからだ。

＊＊＊

レティアが案内をしてくれたのは、パーティー会場のすぐ横にある庭園だった。

庭園には淡い色合いの薔薇《ばら》が咲いていて、落ち着ける空間ができあがっている。休めるようにとベンチも用意されており、会場との出入り口も開いたままだ。

パーティーを抜け出した男女がベンチで雑談をしていたり、思ったよりも人目がある場所でシーラはほっとする。

「この城の庭園はどこも素敵でしょう？」

「はい。こんな綺麗に手入れがされている場所は、初めてです」

レティアの問いかけに、シーラは素直に頷く。もし精霊たちがいたのならば、楽しそうにはしゃいでいるのだろうと思う。

歩き始めようとすると、会場から拍手の音が聞こえてきた。

『わぷ？』

「アルフ様が入場されたのでしょう。ああ、ほら……ここから見えるわ」

なんだなんだと興味を示すパルを見て、レティアは会場と繋《つな》がっている出入り口のところへ行く。シーラもそこから中を覗《のぞ》くと、盛装したアルフと可愛らしい女性がいた。

「あ、もしかして婚約した王女様？」

「そうよ。第二王女のシャルロット殿下はアルフ様のことが大好きで仕方がなくて、父である国王に間を取り持つようにお願いしたのよ」

ダンスを始めたアルフと第二王女を見て、シーラは不思議な気持ちになる。にこやかに笑っている二人は、ぱっと見れば相思相愛に見えてしまうからだ。

――アルフさんは、結婚せず田舎に帰りたいって言っていたけど……。

「この国の貴族たちはみな、権力があれば何でも手に入れることができると思っているのよ」

「え……?」

「あの王女も、無理やりアルフ様を手に入れてしまったでしょう?」

「でも、ルピカやマリアさんは私に優しくしてくれましたよ。そんなことをするような人には見えません」

だから、全員ではないと思いますとシーラは告げる。

「……もしかしたら、精霊さえも権力で手に入れてしまったのかもしれないですわね」

「精霊も……?」

レティアの告げた言葉に、シーラはアルフから視線をずらしてレティアを見る。

「あの、どういうことですか?」

シーラはまっすぐ、レティアの瞳を見る。けれどそれはすぐに閉じられてしまい、シーラから逸らされる。

「シーラ様、お散歩を続けましょう?」

そう言って、レティアは楽しそうに微笑んだ。

庭園をゆっくり進んでいくと、薔薇園は大きな噴水のある植物園へと姿を変えた。

「この王城は、庭園造りに力をいれているのよ」

「そうですね……どこも、美しいです」

「設計にはわたくしも関わっているから、そう言っていただけるのはとっても嬉しいわ」

パルがはしゃぐように噴水の周りを駆けて、レティアは自分も気に入っていることをシーラにアピールする。

「レティアさんが考えたってことですか？　すごいですね！　……あ、レティア様の方がいいですか？」

自分ばかり様を付けられていることに違和感を覚え、シーラは慌ててレティア様と呼ぶ。けれど、当の本人は楽しそうに笑いながら首を振る。

「わたくしのことは気にしないで、そのままで」

「そうですか？」

「不慣れなものを、強制したりしないわ」

『わぷ！』

「ほら、パルもそうしなさいって言っているもの」

「なら、お言葉に甘えて」

先ほどとは打って変わり穏やかなレティアに、笑みを返す。

だから、シーラはどこか油断してしまったのだろう。

マリアたちとの約束も忘れ……気づけば、紅茶でもと言うレティアの誘いに乗りそのまま研究棟に来てしまった。

＊＊＊

「シーラ様はずいぶん遠くのご出身なんですね」

「そうですね。村も、ここみたいにあまり人はいなかったです」

『わぷっ』

レティアの研究棟で、紅茶を飲みながら二人と一匹で雑談をする。

研究棟の前に来たときは、さすがにまずかったかと冷や汗を流したシーラだったけれど、今のところレティアに不審な動きはないのでほっとする。

話す内容は、シーラの故郷のことや、レティアが話してくれる王都のことだ。流行のお洒落《しゃれ》だったり、人気のお店を教えてもらった。

これでまた、シーラの行きたい場所が増えた。

にこにこ嬉しそうにしていると、レティアがくすくす笑う。

「なんだか、シーラ様は見ていて飽きませんね」

「え？　そうですか？」

「わたくしは研究員ですが、貴族です。王都での人間関係は、面倒なものが多いですから」

「あー……」

レティアの言葉を聞き、確かにそうだとシーラは思う。真っ先に浮かんだのは、別に好きでもない女性と婚約させせられてしまったアルフのことだ。

もしもこれが自分だったら、おそらく全力で拒否して精霊魔法を放ったことだろう。

「ここへ来たばかりだというのに、もう思い当たることがあるのでしょう？　ほぉら、貴族ってとても厄介なのよ？」

「あ、あはは……」

そんなことはないとは言えず、シーラは乾いた笑いを返すしかない。

「でも、それがわかっているというのに、シーラ様は無防備すぎではなくて？」

「え？」

「王女殿下に、わたくしには近づくなと……言われませんでした？」

「！」

マリアたちは、確かにシーラにレティアには近づくなと口をすっぱくして伝えてきた。わざわざレティア自らが忠告してくるのだから、よほどシーラが無防備に見えたのだろう。

「それに、すっごく素直。シーラ様、考えていることが表情から全部わかってしまいますよ？」

可愛いからいいけれどと、レティアが笑う。

「あ、とても美味しいシフォンケーキがあったのだったわ。すぐに用意するから、ぜひ食べて？　パーティーでは、食事ばかりでデザートはあまり食べられなかったでしょう？」

『わぷっ』

「ええと、ありがとうございます……？」

——帰るタイミング逃した!?

シーラは慌てるが、もう遅い。

レティアはシーラに帰る間を与えないように、ケーキを用意する。——と、そこで、研究棟の扉からノックの音が響いた。

「あら、不躾《ぶしつけ》ね」

「お客さんですか？　私はこれで失礼しますからっ」

「わたくしはシーラ様と一緒にいたいのだから、気にしないで？　すぐ追い返し——！」

シーラを優先すると告げたレティアだったけれど、無許可で開かれた扉を見てため息をつく。

そこにいたのは、不機嫌を隠さないルピカだった。シーラがパーティー会場にいないことに気づき、捜しに来てくれたのだ。

「やっぱり！　あなたがシーラを連れていったのね！」

「そんな人さらいみたいな言い方、失礼ではなくて？　……まあ、来てしまったのだから仕方がないわ、シフォンケーキを用意したから一緒に食べましょう？」

怒るルピカとは対照的に、レティアは仕方がないから一緒にケーキを食べようと誘う。ここでシーラを連れて帰られてしまうよりはいいという判断だ。

けれど、ルピカは大きくため息をついてから首を振る。

「わたくしがそれを了承するはずがありません。シーラ、パーティー会場に戻りましょう」

「う、うん……」

ルピカがシーラの下まで来て、帰りましょうと手を伸ばす。シーラは頷くが、レティアがそれを許そうとしない。

「あら、まだお話の途中ですのに。シーラ様だって、精霊のことを聞きたいでしょう？」

「っ！」

まだ本題を話していないのに、もったいない。

そう微笑むレティアに、ルピカは唇を噛《か》みしめる。このままここにいれば、有力な情報を得られると思ったからだ。帰るべきか、留まるべきか悩む。

レティアはまだ十代半ばと若いが、この研究に関しては知識が豊富で地位も与えられている。あまりぞんざいに扱うと、王都での情報収集に支障をきたす可能性もある。

ルピカは思案してから、ため息をついてソファ——シーラの隣へ腰かけた。

「か、帰らなくていいの？」

「いいです。その精霊の話というのを、聞きましょう」

こっそりルピカに耳打ちをすると、不機嫌な返事。シーラは苦笑しつつも、精霊の話を聞きたいという部分は同意なので自分もソファへ座り直した。


レティアが新しい紅茶とシフォンケーキを用意し、どうぞと勧める。

「でも、祝賀パーティーの主役が抜けてしまっていいんですか？」

「問題ありません。アルフとマリアがいれば十分ですから」

もしかしたら、今はアルフと第二王女の婚約発表にでもなっているかもしれない。

「そうですか……」

ふうんと、興味がなさそうにレティアが返す。彼女の今の興味はシーラに注がれているため、正直パーティーがどうなっていようが関係ないのだ。

ルピカとレティアの間にピリピリした空気が流れたが、シーラの間の抜けたような声で一掃されてしまった。

「ふあぁぁ、このシフォンケーキ美味しい〜！」

ほっぺたに手を当て、舌鼓を打つ。

「パルも食べる？」

『わぷー』

美味しいねとにこにこしているシーラとパルを見て、ルピカとレティアが笑う。

「シーラは本当にパルに懐かれていますね……」

「わたくし以外には、懐いたことがないのですけれどね。きっと、シーラ様はパルにとって特別なのでしょう」

「そう？　あ、でも……小さい頃から動物とか魔物に懐かれたよ」

村の近くにいたフェンリルたちを思い出し、一緒に水浴びをしたり、かけっこをしたことをルピカたちに話す。

「楽しそうですね。パルが懐くのも納得です」

いつかシーラの村に行ってみたいとルピカが告げると、シーラはそれを笑顔で了承する。精霊もたくさんいるので、ぜひ会いに来てほしい。

「……っと、話がそれてしまいました。レティア様、精霊について教えてくださるんですよね？」

「ええ、もちろん。といっても、この国で精霊に出会うことは無理ですよ？」

そう告げたあと、レティアはシーラに目を向ける。

「召喚で呼び出したのなら、話は別ですけれど」

「!!」

シーラが持っていた杖の召喚石を見て、レティアはそう判断したのだろう。けれど、ルピカとしてはあまりこちらの手の内を明かしたくはない。

「レティア様も、精霊を召喚できるのですか？」

「――いいえ。わたくしはできませんわ。だって、この国には精霊を召喚できる環境がありませんもの。強大な魔力があれば、無理やり召喚することはできるでしょうけれど」

紅茶を飲み、レティアはにこりと微笑む。

「わたくしの魔力もシーラ様のように、潤沢でしたらよかったのに」

「え……？」

レティアが目を細めて、シーラを見る。まるで獲物に狙いを定めた鷹《たか》のようで、ぞくりとしたものが背中を走る。

ルピカが慌ててシーラを庇《かば》うように前に出た。

「!! レティア様、あなた何を――っ!?」

「ルピカ!?」

しかし、その言葉を言い切ることなくシーラの膝の上に倒れ込んでしまう。

シーラは慌てて呼びかけるが、ルピカの反応はない。幸いなことは、脈も正常で、体に異変がないということだろうか。

すぐに治癒魔法をかけた方がいい。そう思ったシーラだが、ルピカは倒れたというよりも、寝ているだけだということに気づく。

すると、向かいのソファに座っていたレティアが口を開いた。

「やっぱり、シーラ様には薬が効かないのですね？」

にやにやと笑うレティアに、シーラは背中に冷や汗を感じる。思わず身を引こうとするけれど、それではルピカを放置することになってしまう。

寝ているだけならば、治癒魔法で睡眠を解けば起こすこともできる。けれど、目の前の彼女がそれを許してくれない。

レティアは煩わしそうに、机の上に乗りシーラの前までやってきた。綺麗な目を細めて、何かを見極めるかのようにシーラを見て、手を伸ばす。

「ど、どういうつもりですか……っ！　なんでルピカを眠らせたりするんですか！」

ルピカの身分は、レティアよりも高いのだ。

いや、それに関係なく、して良いことと悪いことの区別がつかないのかと、シーラは憤慨する。

けれど、レティアは聞こえていないかのように……シーラの肩へと触れた。

「わたくしは、ルピカ様よりあなたに興味があるのよ？　ねぇ、殿下が直々に連れて来るくらいですもの。あなた、すっごーい秘密があるんでしょう？」

「……っ！」

それを知りたいなと、レティアは言う。

シーラの肩に触れた手が、すすすと肌をなぞるようにして動く。

「この皮膚の下に流れる血と魔力……調べてみたくない？　いったいどんな味がするのか、とっても興味深い。ねぇ、あなたの持つその杖――シルフの召喚石の欠片ね？　それほど綺麗なものは、初めて見たもの」

「これは……っ！」

「生身の人間が精霊の召喚石の欠片を起動させているなんて、いったいどうやったらできるのかしら？　この服の下に、何か秘密があるのかしら？」

レティアがぐっとシーラの上に乗り上げて、ぺらりとシーラの服をめくり上げる。

「きゃぁっ!?」

「うーん、見た目は人間そのものね……？」

「ひっ、やめてっ」

そのまま素肌に触れてくるレティアの手に嫌悪を感じて、シーラは悲鳴をあげる。すぐに体を反転させて、レティアの手から抜け出した。

そのまま足を上げ、今度は逆にシーラがレティアを押さえつけるかたちで逆転する。

「はぁ、はぁ、はっ……」

「！　やだ、てっきりあなたは服装から考えて魔法使いだと思っていたけれど――体術も使えるだなんて、ずるいわ」

魔の手から逃れたことにほっとしたシーラだが、レティアは特に気にした様子はない。それどころか、余裕に満ちた笑みすら浮かべている。

シーラは魔法で戦うことが多いが、体術が使えないわけではない。どちらかといえばオールマイティなタイプだ。

ぐぐっとレティアの腕を押さえつけ、このまま治癒魔法を使ってルピカを起こそう。

そう考えて、レティアを押さえていた力をほんの少しだけ緩めた瞬間――鋭い痛みが、シーラの腕に走る。

「いたっ！」

見ると、レティアが小さなナイフをその手に持ち、シーラに切り付けていた。けれど、別に深い傷がつくわけではない。

すぐに自己治癒能力が働き、シーラの腕の傷は癒えて元の綺麗な肌へと変わる。

「それくらいじゃ、私を傷つけることなんてできないですよ！」

「すごぉい……一瞬で治ってしまうなんて」

もっと傷つけてみたくなっちゃう……と、レティアが笑う。その考えにぞっとしながらも、そんなのは効かないと反論する。

「ふふ、もちろんわかっているわよ？　わたくしは別に、魔法にも武にも長《た》けているわけではないもの。あなたに勝てるなんて、微塵《みじん》も思っていないのよ？」

「ならどうしてこんなこと……」

逃げるための隙を作るにしても、お粗末すぎる。

シーラはレティアを睨《にら》みつけ、ルピカを眠らせたことと、攻撃してきた理由を白状するよう告げる。でも、そんなものはレティアにとって些細《ささい》なものだ。

「どうして？　あなたを知りたい、それ以上の理由が必要？」

「じゃあ、ルピカにこんなことをしたのは私のせいだって言うの？」

「だって、知りたいもの。わたくしは研究者。暴きたいと思うことに、何か不思議があって？」

――ああもう駄目！

この人とまともに話ができる気がしない！

「《キュア》！」

シーラは状態異常を回復する治癒魔法を使い、ルピカを強制的に起こす。

「んぅ……？」

ルピカが目を覚まし、きょろきょろ周囲を見回す。すぐ横でシーラがレティアを組み敷くという光景を目にして、慌てて立ち上がる。

「シーラ!?　いったい何が……っ」

「ルピカ！　よかった、ちゃんと目覚めて」

「目覚めた……？　眠くなって意識を手放してしまったのは、眠り薬のせいだったのですね」

倒れる瞬間のことを思い出して、ルピカが冷静に判断する。

レティアは慌てふためくのかと思いきや、楽しそうに微笑みを返す。ルピカはレティアを睨みつけ、シーラに加勢する。

「そんな危ないものを持たないでください、《ファイア》！」

「熱っ！」

ルピカが魔法を使うと、レティアのナイフを持つ手に火花が散った。熱さに耐えられなかったレティアはその場にナイフを投げ捨てる。

「痛いじゃないですか、ルピカ様。わたくしはシーラ様と違って、瞬時に怪我が治るわけではないのに……」

レティアはウォーターの魔法を使い、赤くなった手を冷やす。

「わたくしたちにしたことを考えれば、それくらい可愛いものではありませんか？」

ルピカがきつく睨みつけると、レティアは違うという風に首を振る。

「……いいえ？　シーラさんのことをわたくしも気に入ったので、ちょっとしたサプライズをしてみただけですよ？」

「サプライズで、わたくしに睡眠薬を盛ったというのですか？」

笑わせないでくださいと、ルピカが厳しい声で告げる。

不敬罪に処して、牢屋《ろうや》に入れてしまおうか。ルピカがそんなことを考えていると、レティアが「そんなに怒らないで？」と笑う。

「驚かせてしまったお詫《わ》びに、いいことを教えてあげるわ。精霊はね、案外近くにいるものなのよ。それに、わたくしにはするべき研究があるから、ルピカ様はもちろん、王女殿下の力をもってしても牢に入れることはできなくてよ？」

「な……っ！」

くすりと笑い、レティアは机の引き出しからとあるものを取り出した。

それは、王家の――国王の紋章とレティアの名が彫られた懐中時計。

国王の命によって活動が許可されている証《あかし》であるそれを持つ者は、王国内において王と王妃に次ぐ発言力を持つ。それは、王女であるマリアよりも上だ。

ルピカは驚きを隠せず、大きく目を見開く。

「そんな……精霊魔法の研究者が持てるようなものではないのに」

「でも、わたくしは陛下からいただいているんですよねぇ？　ですから、侯爵家の令嬢《あなた》ごときの発言でわたくしが牢に……なんて、笑ってしまいますよ？」

「――っ！」

レティアの言葉に、強く拳を握りしめる。

彼女の言ったことはすべて真実で、下手をすればルピカが不敬罪で牢に入れられてしまう可能性すらある。

「帰ります。シーラ、行きましょう」

「う、うんっ」

「今日のところは仕方がありませんわね。シーラ様、またお茶をしましょう？」

にこにこと手を振るレティアを振り返らずに、シーラたちは部屋を出た。

第十話　シーラとルピカの王都観光

シーラとルピカは研究棟を後にし、そのままルピカの屋敷までやってきた。もう祝賀パーティーに戻る必要もなかったので、ルピカが帰りましょうと言ったからだ。

ルピカの家は、侯爵家だ。

家族構成は、両親と兄が一人。家督は兄が継ぐので、ルピカは才能のあった魔法に専念することができたし、優しい両親には政略結婚も必要ないと自由にさせてもらうことができた。

屋敷は、王城から馬車で一〇分ちょっと。

貴族の屋敷が並ぶ、閑静な地区だ。

門から邸宅までは素晴らしい庭園があり、手入れのされた綺麗《きれい》な薔薇《ばら》が咲く。中央にある噴水を境にして、シンメトリーに造られている。

「ああもうっ！　なんですか、レティア様は!!」

「ルピカ、まあまあ……」

いつもは物静かなルピカの怒声が、室内に響く。

二人がいるのは、ルピカの私室だ。

普段から丁寧な物腰のため、落ち着いた雰囲気の部屋かと思いきや、可愛《かわい》らしい猫脚の家具やピンク色の花が描かれた壁紙が印象に残る。

「シーラはあんなことをされて、怒らないんですか？」

柔らかなクッションを抱きしめながら、ルピカが頰を膨らませる。

そんな彼女を見ながら、シーラは苦笑する。確かに怒りはあるけれど、それ以上にレティアが何を知っているのかという方が気になった。

「もちろん怒ってるよ。でも、精霊のことを知っている感じだった」

「そうですね。……マリアが上手く情報を摑《つか》んでくれるといいんですけど」

「できるかな？」

レティアのことを思い出すと、そうそう上手くいかないのではと不安になる。

そんなシーラを見たからか、ルピカも次第に落ち着きを取り戻す。精霊たちを助けたいのは、二人とも同じだ。

「大丈夫です、マリアは王女ですから。それに聖女という肩書もあるから、城内外含めて味方も多いんです」

なので今は、情報を待とうとルピカが言う。

「それに……シーラはちょっと危なっかしいですから……もう、一人でレティア様のところへは行かないでくださいね」

「あー……そうだね」

シーラは割とその場の雰囲気に流されてしまうところがあるので、若干不安になりつつも頷《うなず》いた。

ルピカはそれを感じ取り不安だと思っているけれど、ここはシーラが慣れない王都だ。自分がしっかり守ってあげようと誓うのだった。

＊＊＊

翌日になり、シーラはルピカと一緒に王都観光に繰り出した。

街に入る門から王城まで続く大通りは活気があり、シーラの興味をそそるお店がそれはもうたくさんあった。

「うわあ、何あの服！　すごく可愛い……!!」

「貴族の令嬢にも人気のお店ですね。シーラが着たらきっと似合います」

「そうかな？　でも、動き難《にく》そう」

シーラが見ているのは、レースとリボンを贅沢《ぜいたく》に使って作られたドレスだ。ふわりとしたスカートだが、コルセットで絞るため腰回りはとてもスッキリとして見える。

「別に、戦闘中に着る服じゃないですよ？」

「あ……それもそうだね」

ルピカの言葉を聞いて、思わず笑う。

「でも、服をたくさん買うと荷物がかさばっちゃうなぁ」

しかも、豪華なドレスなのでとても重そうだ。

シーラとしては、可愛い軽めの服が数着あればいいなと思っている。まだいろいろと旅をしたいので、身軽であることが第一だ。

「なら、わたくしの家に置いておくのはどうですか？」

「え、でも……」

ルピカの提案に、さすがにそれは申し訳ないとシーラは思う。しかし、ルピカが提案してきたことを聞いて目が輝く。

「お友達ですもの、シーラにはいつでも遊びに来てほしいんです」

「遊びに行っていいの？」

「はい、いつでも大歓迎です」

「わぁ……！　嬉《うれ》しい」

そう言って笑うルピカに、シーラは礼を告げる。それならば、服を買うのもいいかもしれないと店内へ入る。

「いらっしゃいませ」

店員は、すぐに侯爵家の令嬢であるルピカだと気づきすかさずこちらへやってきた。奥の部屋へ案内を申し出るが、それはルピカが断った。

「本日は、お友達の服を見たいんです。わたくしが選びたいので、声をかけるまで下がっていてください」

「かしこまりました。何かありましたら、お呼びください」

以前、ルピカはシーラに服を選んであげるという約束をしていた。謁見のドレスを選びはしたが、一緒に……というのはまだだ。なので、それを今ここで実現しようと思い、嬉しそうにしている。

店内には、既製服はもちろんだが、一からドレスを仕立てるための生地やレース、装飾品なども飾られている。

「シーラは綺麗な髪色ですから、濃い色でも淡い色でも、どちらのものも似合うから悩んでしまいますね」

「そうかな？」

ルピカがシーラにドレスをあてがいながら、「そうですよ」と微笑《ほほえ》む。

「白系統であれば清楚《せいそ》ですし、濃いブルーや赤なら存在感を強く主張できますね」

「ふうん……服のことは全然わからないから、そうやって教えてもらえるのは嬉しいな」

「たくさん着てみましょう」

「うんっ」

シーラとルピカは、せっかくなので店内にあるドレスを色違いで試着してみる。シーラはピンク色のドレス、ルピカは水色のドレスだ。

頭には、リボンとレースで作られたボンネット。レース生地が広いため、シーラの長い耳もしっかり隠してくれている。

ドレスは少し濃い色合いで、それぞれ白色のストライプラインが入っている。袖口はひじ丈でカフスが留められ、レースが綺麗に折り重なり広がっている。

「わあ、すごく可愛い。お揃《そろ》いだ」

「やっぱりシーラはピンクが似合いますね」

二人で鏡を見ながら互いを褒め合う。

今までこんなことをしたことがなかったので、とても楽しい。村にいたころは必要最低限の服しかなかったし、特別な日といったら結婚式くらいしかなかった。

普段着る服も、狩りに行き仕事をするので、丈夫で汚れてもすぐに洗えるものが多い。こんなにたくさんレースのついた服を着ることは、村にいたら一生なかっただろう。

「これ買う！　ルピカも買うの？」

「シーラとお揃いになるんですから、もちろん」

店員にこのまま着ていくことを伝え、会計を済ませてそのまま店を出る。

次に向かったのは、隣にある色とりどりの品が並ぶ菓子店だ。『王室御用達』の看板が掲げられ、店内では多くの人が買い物をしている。

どうやらルピカはこのお店を知っているようで、店内へ入るときに話をしてくれる。

「ここのキャンディやクッキーは絶品ですよ。特にキャンディは日持ちするので、旅に出る前にも買っていきました」

「そうなんだ！　私もそうしようっと」

二人で店内に入ると、すぐに甘い香りが漂ってきた。それにわくわくしながら商品の並ぶ棚に目を向けると、小瓶にたっぷりとキャンディが詰まっている。

「うわあ、すごく綺麗。宝石みたいだね、ルピカ」

「確かに、宝石みたいに綺麗ですね」

そのため、お土産やプレゼントとしても人気が高い。

シーラはその中から何個か選び、購入した。綺麗にラッピングをしてもらったので、思わず開けるのがもったいないと思ってしまったほどだ。

シーラが大切そうに持っているのを見て、ルピカは問いかける。

「王都はどうですか？」

「すごく楽しい！」

「よかったです。ご案内したいところはたくさんありますから、楽しんでくださいね」

「うんっ！」

菓子店を出て、シーラとルピカは王都を歩く。

屋台で食べ物を買ったり、雑貨屋で小物を見たり、女性に人気のカフェで休憩したり。二人は昨日のレティアとの一件を吹き飛ばすくらい楽しんだ。

ルピカの屋敷に戻り、シーラは今日楽しかったことを話す。

「やっぱり王都ってすごい。はあ、みんなも村に引きこもらず、旅すればいいのに」

「住んでいるところから離れるのは、とても大変ですからね。でも、できることならばシーラの村の皆さんにも見ていただきたいですし、わたくしはシーラの村に行ってみたいです」

「そう？　でも、私の村はなにもないからつまらないよ～」

あははとシーラが笑うが、ルピカからしてみれば王都よりもシーラの村の方がずっとずっと興味深い。

いつか行ってみたいけれど、一人で行くには道中にある『常夜の森』が危険すぎる。シーラと一緒に行く機会があればいいなと思う。

「そうだ、明日は王城に行きます。マリアたちと、精霊のことを話しましょう」

「うん」

明日であれば、マリアもある程度の情報を整理しているだろうとルピカは考えた。

レティアのことも話をしておきたいし、シーラが王城内で勝手に歩くと何があるかわからない。けれど、明日であれば予定もないのでずっと行動をともにできる。

「早く精霊を助け出してあげたいね」

「そうですね。わたくしも、たくさん精霊と話をしたいです。……人間のことを嫌っている様子なので、少し不安ですけれど」

「大丈夫、話せばわかってくれるよ」

精霊はみんないい子だからと、シーラは笑った。

＊＊＊

シーラとルピカが登城すると、すぐにマリアがいる部屋へ通された。そこにはアルフの姿もあり、「待ってたよ」とアルフがほっとした様子を見せる。

どうやら、不機嫌なマリアの相手をするのが大変だったようだ。

「ああもうっ！　いったい何だと言うの!?　一介の研究者に、お父様があんな権限を与えているなんて信じられない！」

「今の姿……とてもじゃないけど、聖女には見えないですね」

マリアはソファに深く腰掛け、クッションを握りしめていた。その強さは、引きちぎってしまうのでは……とシーラが心配してしまうほどだ。

「でも、その様子なら何か進展があったんですね」

「そうなの？」

「もし何もわかっていなかったのなら、マリアはもっと冷静なんですよ。今だって、こうしてここにはいないでしょう？」

ルピカがそう問いかけると、マリアは頷く。シーラはもう何かわかったのかと驚き、早く精霊たちに会えるかもしれないと胸を弾ませる。

シーラとルピカがマリアの向かいにあるソファに座り、用意してあったティーポットからカップに紅茶を入れる。

「……十中八九、精霊が姿を保てずに消滅してしまうことと、この国は関係性があるわ」

不機嫌な様子とは打って変わり、マリアが真剣な瞳で告げる。

とはいえ、詳細はまだわかっていない。

「シーラと二人で旅に出ようと思っていましたけれど、そうもいかないようですね」

「じゃあ、原因はここで探るのがいいってことだよね？」

「そうなるわね」

ルピカの言葉を聞き、シーラが続けるとマリアが頷いた。

そして、自分が調べたことを話す。

「精霊のことについて、お父様に探りを入れようと思ったのだけれど……かなりの警戒心ね。精霊の一言だけで、反応を示したわ」

「それだけ精霊に細心の注意を払っているんですね」

絶滅したとされる精霊のことが話題にされることはほとんどないため、精霊のことを話題にしただけでマリアの父親――国王は警戒を示したのだという。

けれど同時に、それはやましいことがあるということを肯定してしまっている。

「警戒が強いから、上を崩していくのは難しいわね。何か決定的な証拠を得られればいいのだけれど……」

レティアに精霊に関する研究資料を提出させたが、それからは何もわからなかったという。

というよりも、一般向けに用意されている提出用の資料だということがすぐにわかった。

シーラは「うーん」と悩みながら、どうすればいいのか問いかける。

「何が証拠になるの？」

「そうね……一番いいのは、研究施設の場所を突き止めることかしら」

レティアのいる研究棟とは別に、この王都のどこかにそれがあるだろうとマリアは考えている。もしかしたら、王城の敷地内にあるという可能性も捨てきれない。

なぜなら、レティアが王城内の研究棟にいることが多いからだ。簡単に行き来できる場所に造っている可能性は非常に高い。

「わたくしがいれば、入れないところはないわ。けれど、そう簡単に見つけられるとも思えないし……どうしようかしら」

「マリアの派閥に所属している貴族で知っている人がいればいいですけど、難しそうですか？」

「そうね……。わたくしの派閥とはいえ、お父様と繋《つな》がっている可能性は高いもの」

知っていそうな貴族を当たればいいかとも考えたけれど、国王の息がかかっていないとは言い切れない。

下手に探りを入れると、逆に捜査がし辛《づら》くなってしまうだろう。

「難しそうで、僕が手伝えることはあまりなさそうだね……」

ルピカとマリアの話を聞いていたアルフは苦笑しながら、なくなりかけていた紅茶を追加する。ついでとばかりに立ち上がって、お菓子も用意してテーブルへ置いた。

「わあ、美味《おい》しそう」

「僕のおすすめだからね、美味しいよ」

すぐクッキーに手を伸ばしたシーラを見て、マリアが笑う。

「なんだかシーラを見ていると、和むわね」

「ええ、そうかな？」

「そうよ。悩んでいるのが、馬鹿らしくなってしまうもの」

ピリピリしていた空気が少し和らぎ、マリアもクッキーに手を伸ばす。「少し休憩ね」と告げたところで、扉をノックする音が室内に響く。

どうぞと入室を促すと、入って来たのはマリアの侍女だった。

「……ああ、そういえば仕事があったわね」

すっかり忘れていたと言いながら、マリアが立ち上がる。

「わたくしは席を外すけれど、ゆっくりしていってちょうだい」

マリアの言葉に頷き、残された三人はもう少し雑談することにした。

「そういえばシーラさん、昨日はルピカと一緒に王都観光を？」

「はい！　可愛い服に、美味しいお菓子に……村にはなかったお店がいっぱいあって楽しかったんだ。ね、ルピカ」

アルフが尋ねると、シーラは笑顔で返事をする。

「僕も田舎から出てきたばっかりのときは、人の多さとかに驚いたんだよね。お洒落《しゃれ》なものがたくさんあったから、楽しかったよ」

田舎から出てきた仲間のシーラとアルフは、「そうそう！」と言いながら王都のことを話す。まるで田舎者あるあるのようになっている。

ルピカは小さなころから見慣れているため、二人がそんな風に話していることを不思議に思う。けれど同時に、確かに王都から離れた村は娯楽も少ないことを思い出す。

「料理の種類が豊富で、それがすごくいいなって思う！」

「ああ、それは確かにあるかも。村ではおやつとか、芋を蒸かしただけとかだったよ」

「お芋も美味しいけど、森に生《な》ってる果物とかが多かったかな。もいでそのままとか、定番だったよ」

基本的に素材を活《い》かす田舎と、創意工夫してより美味しさを追求する王都。もちろん美味しいに越したことはないけれど、アルフはそれでも田舎の味が恋しくなるのだと告げる。

「へぇ……私はさっぱりした味付けばっかりだったから、まだまだ王都の料理を堪能したいかな。それに、買い物もしたいし」

新しい鞄《かばん》やポーチ。服は少しかさばってしまうけれど、ネックレスなどの装飾品であれば比較的持ち運ぶことも簡単だ。

まだまだ、シーラにはほしいものがあるし行きたい場所もたくさんある。

「それなら、早く精霊のことを解決しないとだね」

「うん。精霊たちが自由に生きられるのが、一番いいから」

アルフの言葉を聞き、素直に頷く。

精霊たちは自然を愛し、豊穣《ほうじょう》をもたらしてくれる。

シーラは精霊と仲がいいので、その存在を確認できないことは寂しいし、苦しんでいるのであればすぐにでも助けてあげたい。

早く早くと、心が急ぐ。

「ようし、私も私なりに証拠探しのために調査してみるよ！」

ぐっと拳に力を入れて、シーラが立ち上がる。もちろんすぐにストップの声をあげたのは、ルピカだ。

「シーラ、一人で調べるのは危険です」

レティアだけならまだしも、国の上層部すべてが黒という可能性があるのだ。

そんなところにシーラが一人で行くなんて、ルピカは心配で心配でたまらなくなる。あっという間に腹黒い貴族に言いくるめられてしまうだろう。

「とりあえず、情報収集はルピカやマリアに任せた方がいいね。シーラさんの出番は、精霊たちを見つけてからだよ」

アルフもルピカの意見に同感のようで、頷いている。

「それでも何かしたかったら、僕に教えて。一緒に行動すれば、少しは安心だと思うから」

「ありがとう、アルフさん」

アルフの提案が嬉しかったので、シーラは素直に頷いた。けれど、言われた通り精霊たちを見つけてから動いた方がみんなに迷惑がかからなくてよさそうだ。

「とりあえず、情報を待ってみる」

「シーラにはシーラしかできないこともありますし、今はゆっくりしましょう」

ルピカの言葉に頷き、シーラは早く情報が集まるよう祈った。

第十一話　地下の研究施設

「あ、いけない……道がわからなくなっちゃった」


ルピカたちが情報収集をしている間、シーラは一人で王都を観光することにしたのだが……いかんせん、村と比べてとても広く、道も複雑だ。

ついうっかり、自分がどこにいるかわからなくなってしまった。

「でもまあ、ルピカの家の方向はわかるから大丈夫かな」

高くそびえ立つ王城は、どこにいても見ることができる。

シーラの両手は、買い物をした紙袋でふさがっている。可愛《かわい》い雑貨類と、食べ物系だ。あとでルピカと一緒に食べようと思っているので、そこそこ量が多い。

細い路地を歩いて行くと、人気《ひとけ》がなくなっていく。こっちじゃなさそうだとシーラは引き返そうとして、ふと違和感を覚えた。

けれどそれが何かわからなくて……シーラは引き返すのを止《や》め、そのまま歩いて違和感のある方に行くことにした。

ルピカの屋敷のような豪邸ではなく、木造の古めかしい建物が並ぶ路地でお店などはいっさいない。

ドアが開け広げられている場所もあったので中を覗《のぞ》いてみたが、そこに人の姿はない。

――誰も住んでいないのかな？

「ルピカたちがいたら、ここがどんな場所かわかるのに」

シーラの村には、空き家は存在しない。人が住まなくなったとしても、倉庫など別の用途で使うからだ。もしくは、人の住まない家は傷むため取り壊してしまう。

地面からは無闇に雑草が生えていて、大通りのきらびやかな雰囲気とは全く違う。

「王都にもこんな場所があるんだ……」

これでは精霊も逃げ出してしまいそうだ、なんて思う。

道の先はどこへ抜けているのだろうと歩いてきたけれど、レンガの壁がシーラの行く手を拒んだ。

「まさか行き止まり!?　あ、だから誰も歩いてなかったのか……」

先に道がないのならば、ここを通る必要がない。

来た道を戻ろう。そう思ったシーラだったが、ふと先ほどのような違和感に目を瞬かせる。

――なんだろう？

周りに人がいないことを確認してからそっと風魔法を使うことにした。

精霊に力を借りる精霊魔法ではなく、自分の魔力を使う普通の風魔法だ。

シーラが使う魔法の種類は、大きくわけて二種類。己の魔力を使うか、精霊に力を借りるか。前者の場合は、使う魔法の威力や回数は、シーラの魔力に依存する。治癒魔法も、これにあたる。

ひとまず壁の向こう側の様子を見てみよう。

「これで壁を跳び越えて、向こう側に行けばオッケー」

そんな軽い気持ちで風を起こしたのだけれど、結果は予想外の方向にいく。

シーラの体が浮かぶのと同時に、その風圧で壁から一部のレンガが抜け落ちたのだ。壊してしまったと焦り、すぐに落ちたレンガを拾う。

「……あれ？」

レンガを壁にはめようとしたところで、その壁がおかしいことに気づいた。中が空洞のような造りになっていて、地下に下りる階段があったのだ。

入り口を隠すような造りになっていたため、シーラは興味深く中を覗き込む。風が吹いているので、空気の流れなどは問題なさそうだ。

「どこかに繫《つな》がってる……んだよね？　もしかして、違和感の正体はこの階段？」

下へと続くようになっている階段は螺旋《らせん》状になっていて、先が見えない。光魔法で明かりを創り、シーラは降りてみることにした。

三階分ほど地下へ下りると、通路に出た。

壁に設置されているランプで明かりが灯《とも》ってはいるが、石造りで薄暗い。重苦しい雰囲気で、あまり先に進みたいとは思えない。

「街の地下……だよね？　いったい何の場所だろう」

下りてきた階段は、普段あまり使われることがないのか、どこか埃《ほこり》っぽさが目立った。けれど、階段の先にあった石造りの通路は定期的に掃除をしているようで綺麗《きれい》だ。

「村とは違って、地下にも家がある……とか？」

確かに村でも、食料などは少しだけ地下に空間を作りそこに保存していた。王都にはこれだけ人がいるのだから、その規模も大きいだろう。

「……って、そんなわけないよね」

さすがのシーラも、今の考えは非現実的だったと苦笑する。

そして思い返すのは、ルピカたちの言っていた精霊の研究施設だ。もしかしたら、ここがそうなのではと考えた。

「だって、入り口にドアがなかったもんね」

それは人に見つかりたくないからだ。

ゆえに、シーラの勘が告げる。この先には、絶対何かやましいことがあるのだと……!!

「ルピカたちだけに任せておくのは申し訳ないもんね」

馬車に乗せてもらい、お金の使い方を教わり、薬草のお礼までいただいてしまった。それになにより、ルピカは友達だと言ってシーラのことを温かく迎え入れてくれたのだ。

「よし、頑張って進もう」

先へ進む長い廊下は、一見わかりにくい造りになっているが、傾斜している。少しずつ、下へ下へ向かっているようだ。

二〇分ほど進むと、通路の幅が二倍ほどに広くなった。簡素な石畳も綺麗な床へ変わり、オフホワイトの壁紙が貼られている。

その雰囲気は、街にいるというよりも――。

「お城みたい……。もしかして、結構歩いたからお城の下まで来ちゃったのかな?」

もしそうであるならば、精霊の研究施設の可能性が高くなる。レティアのような研究員は、基本的に王城で研究をしているからだ。

街からも王城からも出入りできるのであれば、研究がしやすいだろう。


――それにしても、誰もいない。

使われていない場所なのかとも思ったけれど、手入れがされているのでそれはないだろう。

変わらない景色を見ながら黙々と歩いて行くと、曲がり角の先からやっと人の話し声が聞こえた。

「!　……誰かいるみたい」

ぴたりと動きを止めて、シーラは曲がり角の先を覗き込む。そこは広く直径五〇メートルほどの広間になっていて、白衣を着た人間がいた。

その胸元には研究棟と同じシンボルマークがあり、すぐにレティアが着ていたものと同じだと気づく。やはりここは精霊の研究をしている場所で、何かの手がかりがあるのだろう。

シーラは実にあっけなく、目的の場所へ辿《たど》り着いてしまったようだ。

観察を続けた結果わかったのは、白衣を着た人の数はざっと三十人。

中央の床には魔法陣が描かれていて、淡い光を放っている。起動しているものだということは、一目でわかる。

怪しげな水の入った高さ二メートルほどの装置が壁際に何台も並んでいるが、シーラの位置からではそれが何かまではわからない。

――何をしてるんだろう？

目を凝らして見ていると、水の入った装置の中にうっすらとした影が見える。もしかして、魚でも泳いでいるのだろうか？　もっとよく見ようと体を乗り出すと、うっかり白衣を着た研究員と目が合ってしまった。

高圧的な視線と態度で、シーラのことを睨《にら》んできた。

「誰だ!?」

「ぴゃっ!?」

――見つかっちゃったっ!!

思わぬ大失態に、シーラは焦る。

「ここは許可がなければ立ち入れない場所だ。特に誰かが来るという通達もきていない。名を名乗れ!!」

「ど、どうしよう……っ」

とりあえずこのまま方向転換して、来た道を全力で駆け戻った方がいいだろうか。そんなことを考えるが、現状がそうさせてはくれなかった。

「――え?」

はっきりと、見えてしまったのだ。

水槽のような謎の装置に入れられていたのは、魚なんかじゃなかった。

「シルフの眷属《けんぞく》?」

ハッとして、シーラは装置すべてに目を向ける。

その中に捕らえられているのは、精霊の眷属たちだった。普段は森など自然が多いところで過ごす、害もなにもない可愛い精霊たちだ。

「ウンディーネに、サラマンダーとノームの眷属たちもいる……!! 嘘《うそ》、この地にいる精霊の眷属たちを……ここに捕まえてるっていうの?」

それぞれ自分たちより上の下位精霊であるシルフ、ウンディーネ、サラマンダー、ノームに仕えている。主人と仲のいいシーラに対しても、いつも眷属たちはよくしてくれているのだ。

その子たちが今、怪しい装置に囚《とら》われてぐったりしているのだ。

信じられないと声をあげるシーラに対して、白衣を着た者たちも信じられないと叫ぶ。

「なぜこいつらが精霊だとわかった⁉　お前は誰だ、ここへの訪問許可が下りているとは言わせないぞ‼」

「すぐに捕らえろ‼」

「ノームの力を我に、《拘束《バインド》》！」

「――ッ⁉」

白衣の男たちが声をあげ、そのうちの一人が精霊魔法を行使した。とたん、装置に入れられていたノームの眷属から悲痛な声があがる。

無理やり力を吸い取られていることがわかり、シーラは唇を嚙《か》みしめる。

――どうすればいい⁉

男の精霊魔法を避《よ》けて、逃げることはおそらく可能だ。しかしそうすると、目の前にいる精霊の眷属たちを見捨てるということになってしまう。

シーラにそんなことができるだろうか――否。

捕まっている精霊の眷属たちを助けるために、あえて捕まることを選択する。男の発動した精霊魔法によって、地面は盛り上がり土がシーラの足を捕らえた。

「これはまた、可愛らしいお嬢さんだ。……見ない顔だな？」

「…………」

白衣を着た黒髪の男が一人、前に出てきて訝《いぶか》しむようにこちらを見る。ほかの研究員に、シーラを知っているかと問いかけるが、ここにシーラを知る者はいない。

「精霊たちを解放して！」

シーラも負けじと男を睨みつけ声を荒らげるが、男は不快に目を細めただけで冷静だ。顎を摑《つか》まれて、尋問するように尋ねられる。

「名前は？　なぜここへ来た？　まさか、迷ったなどという戯言《たわごと》を言ったりはしないだろう？」

「…………」

「質問に答えろ、侵入者」

「それより、あなたたちこそ何もしていない精霊の眷属を解放するべきでしょう⁉」

「口答えは許さん」

自分たちの行為を棚に上げたような言い方に、カチンとくる。

――こんな人たちが精霊たちをいいようにしているなんて。

とりあえず捕まってみたはいいけれど、どうするかまでは考えていなかった。

精霊の眷属を助けたいと思ったが、そもそもあの装置がどのようなものかわからないので、どうしたら助け出せるのかがわからない。

――壊せばいいのかな？

そうであれば手っ取り早いけれど、いかんせん装置がどうなるのかわからない。不確かなことをして、精霊の眷属たちを傷つけてしまうのは避けたい。

考え込んで押し黙ったシーラを見て、男は大きく舌打ちをする。

「ふん。とりあえず、この小娘を牢《ろう》に入れておけ」

＊＊＊

「……ふう。シーラさん、王都観光を楽しんでいるかしら？」

シーラが一人で街へ出かけているころ、ルピカは一人登城していた。王城内の書庫の確認や、隠し部屋などが造られていそうな場所を探すためだ。

ドレスではなく、魔法使いのローブを着用している。この姿であれば、訓練場のようにドレスでの立ち入りが憚《はばか》られるような場所にも入ることが可能だ。

魔法使いとしてそれなりの地位を持ち、実力はこの国随一のルピカ。王城の詳細な見取り図を見る権限もあるため、今はそれと実際の城に差異がないか見て回っているところだ。

「これで何かわかるといいんですが……」

まず確認するのは、王城の一階部分。地下に研究施設を造ってしまうのが一番手っ取り早いし、二階以上は見取り図と実際の建物にあまり違いがあるようには見えなかったからだ。

王城の一階にあるのは、夜会などを開くためのパーティールームに、休憩できるように用意されているいくつかのゲストルーム。

そのほかは、厨房《ちゅうぼう》や洗濯室など業務を行うための部屋が奥まったところに造られている。

「使用人が使う施設が怪しいかもしれませんね」

ここは普段、ルピカのような貴族が立ち入ることはない。王城で働く平民が使っている場所なので、精霊のことに感づくような貴族から隠すにはもってこいの場所だろう。

しかし、調べようにも貴族のルピカが行ったら目立ってしまう。

城に仕えているメイドの制服で変装すればいいか……とルピカが思案していると、背後から声をかけられた。

「おや、ルピカ様ではありませんか。本日はお一人ですか？」

ねっとり絡むような嫌な声に、ルピカはわずかに顔を歪《ゆが》める。けれどすぐに笑顔を作り、振り返る。

「……宰相殿、わたくしに何か御用ですか？」

「いやいや。珍しいところでルピカ様を見かけたもので、つい声をかけてしまいました」

ルピカがいるところは、普段貴族が使わない使用人の区画だ。そのため宰相のヘルトリートは不思議に思ったのだと告げるが、それはお互い様だ。

「宰相殿こそ、どうしてこのようなところに？　わたくしは、ここを通って裏手に行こうと思っていただけですが」

普段使うことはないけれど、使用人区画を通ると魔法の練習場への近道になるのだ。ローブを着ているルピカであれば、違和感はさほどないだろう。

けれど、ごてごての貴族で権力が大好物のような男がここにいる理由はない。ヘルトリートはルピカを睨むようにして、「ふん」と悪態をつく。

「私は宰相なのだから、城の隅々にまで気を配るのは当たり前だろう？」

「そうですわね」

ヘルトリートの言葉に微笑《ほほえ》み返すルピカだが、彼が普段から使用人区画を見ているとは思えないし、実際に見てはいない。

もしかしたら、精霊に関する研究施設があるのではないか？　そう考えた。

国の上層部が関わっているのであれば、私利私欲を優先するヘルトリートが関わっている可能性が高い。

ヘルトリートが来たのは、洗濯の終わったシーツなどを保管している部屋がある方向からだ。いつも人がいる厨房とは違って、保管室が使われるのは基本的に昼過ぎくらいまでの時間になる。

今は夕方なので、保管室には誰もいないはずだ。

「そういえば、シーラ嬢はルピカ様の屋敷にお泊まりとか。せっかく城にゲストルームを用意していたというのに」

「そのような気遣いは無用です。シーラはわたくしの大切な友人ですから、こちらでもてなしをさせていただきますわ」

ヘルトリートに返事をするも、ルピカは訝しむ。彼がシーラを取り込もうとする理由が、思いつかないからだ。

瀕死《ひんし》のアルフに薬草をあげただけの、身分も何もないただの少女だというのに。

「それに、シーラは田舎から出て来たばかりですもの。王城に泊まるとなると、萎縮してしまいますわ」

「田舎の娘というものは、王都に憧れるものではないかね？」

「王都であって、王城ではありませんわ」

シーラが好き好んで貴族のいざこざに巻き込まれるわけがない。

「それとも、シーラがわたくしと一緒では何か不都合がありまして？」

「はは、まさかそんな。勇者を救った彼女に敬意を払いたいだけだよ。魔王を倒せたのに、死んでしまっては大変だからな」

あくまでシーラの行いが偉大だったのだとヘルトリートは言う。けれど同時に、あのような場所でよく生きてこられたとも告げる。

「あの深い森の中では、薬草一つ探すことも大変だと聞く。魔力が強すぎて、人間に直接使えないようなものがほとんどなのだろう？」

「……何が言いたいのですか？」

「いやいや。シーラ嬢は、いったいどこから来たのかと思ってね。この国の宰相として、辺境にある村の状態も知っておく必要があるだろう？」

「熱心なことですわね」

ルピカは感心したように頷《うなず》くけれど、シーラの村のことをこの男に告げたりはしない。

というよりも――あからさますぎる。あきらかに、精霊に関することをシーラたちが知っているから探りを入れているのだろう。

最初のやり取りでやめておけばよかったものを、ここまでシーラのことを聞かれてヘルトリートの目的に気づかないほどルピカは馬鹿ではない。

「わたくし、そろそろ行かないといけませんから。ごきげんよう、宰相殿」

「……ふん」

ヘルトリートが小さく舌打ちをしたが、ルピカは聞かなかったことにした。


「さて……と。この先に何があるのか、調べる必要がありそうですね」

ルピカはヘルトリートが立ち去ったのを確認してから、廊下を歩きだそうとして——その足を止めた。なぜなら、後ろから呼ばれたからだ。

「ルピカ様！」

「……どうしたの、こんなところまで」

現れたのは、ルピカの侍女だった。信頼のおける人物で、幼いころからずっと世話をしてもらっている気心知れた相手だ。今は客として滞在しているシーラの世話もお願いしている。

侍女は言い難《にく》そうな表情になったが、すぐに懸念事項を伝えてきた。

「観光すると言ってお出かけになったシーラ様が、まだ帰られていないのです。夕食の時間をお伝えしたら、それまでに帰るとおっしゃっていたのですが……」

「シーラが？　捜索はしましたか？」

「もちろんです。ですが、街のどこにもシーラ様はいらっしゃらなくて」

「……そう」

侍女の言葉を聞いて、ルピカは考える。

シーラは確かに規格外なところもあるけれど、一度した約束を破るような人間ではない。

もしかしたら事件に巻き込まれて――ということも考えられるが、彼女の強さを知っているのでそんなことはあり得ないとも思う。

となると、行き着く可能性は一つだ。

「……見つけてしまったんでしょうか」

自由奔放なシーラは、特別だとルピカは思っている。自分にできないことを簡単にやってのけ、精霊たちにも好かれている。

きっと彼女が見つけたというのであれば、それは必然か精霊の導きなのかもしれない。

「ルピカ様？」

「いいえ。貴女《あなた》は屋敷に戻り、もしシーラが帰宅したら連絡をください」

「わかりました」

侍女に指示を与えると、ルピカは急いでヘルトリートが来た方へと向かう。目を付けたのは、今の時間はほとんど人が来ない保管室だ。

中は、綺麗に洗濯されたシーツがたたんで棚に保管されていて、清潔だ。けれど、逆にそれがルピカを助ける結果になった。

一か所だけ、綺麗に置かれたシーツにわずかな乱れがあったのだ。ヘルトリートが何かしていたのだろうということが、容易に想像できた。

「ここですね」

シーツをどかしてみると、見えるのは壁だ。

「何か仕掛けがあるんでしょうか」

壁に手を添え、コンコンと叩《たた》いていく。そのうちの一か所だけ、低く鈍い音ではなく高い音が鳴った。

すぐそこに何かあるのだと思い調べると、回転式の扉になっていたようで、壁がくるりと回り開いたのだ。

「隠し通路……」

王城なので、王族が緊急時に使う避難経路があるのはルピカも知っている。が、それはこのように保管室に設置されているものではない。

主に王族が使う部屋と、廊下、市街地に繋がっているものがほとんどだ。

つまり、この隠し通路は避難経路として使われている可能性は低いし、ヘルトリートの様子を見るに精霊を研究している施設に繋がっているとルピカは考える。

警戒しながら進んでみようとすると、ルピカの背筋がぞわりと震えた。すぐに魔法を使えるよう手を前に出して、振り返る。

「誰……っ!?」

「やぁだ、そんなに警戒しないでくださいよ？」

くすりと笑い、パルを連れたレティアがそこに立っていた。

第十二話　牢屋で聞いた真実

捕らえられたシーラは、さらに地下へ続く先にあった牢屋《ろうや》へと放り込まれた。

蠟燭《ろうそく》の薄明かりしか用意されていない牢屋は暗く、少しじめじめしている。

鉄格子がはめられ、石の地面は冷たい。地下にあるためもちろん窓はなく、出入り口もシーラが連れてこられた階段だけだ。


さてどうしたものか……。

シーラが小さくため息をつくと、牢屋の奥から声があがった。低い声で、そちらを見るとよれよれの服を着ている男がいた。

長い間、閉じ込められていたことがすぐに想像できた。

「ん、誰だ……」

「私以外にも、この牢屋に人がいたの？」

「いたのって……お前、研究員じゃないのか」

シーラはオフホワイトのフードが付いた外套《がいとう》を着ているため、ぱっと見は魔法使いに見えるだろう。

男が怪訝《けげん》そうな表情をしながら、「どこから来たんだ」とシーラに問う。

「私は、街を観光してたら偶然階段を見つけてここに来たの」

「偶然ね」

男は大きくため息をつき、首を振る。

「……お嬢さんよ、つくならもう少しましな嘘《うそ》にしときな。ここは、か弱い姫さんたちが来るような場所じゃない」

まず、入り口が隠されている。

シーラが言ったように偶然見つけたとしても、暗く長い通路は普通の少女が進んでみようと思うような場所ではない。

男はそう告げてから、「私は研究員だ、元な」と言った。

その言葉に、シーラの肩がぴくりと跳ねる。

「じゃあ、精霊たちをあんな目に遭わせているのはあなたっていうこと？」

「精霊が目的か」

「――っ！」

しまった！　そう思ったときには、遅かった。

どうすればいいか考えを巡らすけれど、答えがでない。警戒するシーラとは逆に、男は落ち着いた声で話す。

「別に、私はお前さんの敵じゃない」

「……え？」

「この研究所の、恐ろしさから逃げ損ねただけさ」

いったいどういうことだと訝《いぶか》しむと、男は「どうせ逃げられないしね」と言いながら自分のことを話し始めた。

どうやら危険はなさそうだと判断し、シーラは肩の力を抜いて話に耳を傾ける。

「ここは、精霊の研究を行っている場所だ。それはもう、お嬢さんもわかっているだろう？ ただ、問題はその規模と機密性だ」

シーラは街からここへ来たけれど、王城からも繫《つな》がっているのだ。逆に言うと、王城の地下すべてがこの施設で、街の数か所にも出入り口がある。

「私はね、妻が子供を身籠ったから――まぁ、この仕事を辞めようと思ったんだ」

子供にはまっとうな父親であるところを見せたかったのだと、男は言う。

「でも、それは許されないことだった。一度ここに就職してしまえば、たとえ情報を漏らさないと誓っても解放されることはなかったんだ」

「ずっとここにいるの？」

「そうさ。私の退職届は決して受理されず、駄目だ不可能だの一点張り。そう言う上層部を見て、私は怖くなったよ」

この研究は、自分が考えているよりもずっとずーっと恐ろしいものだったのだ……と。

それから何度も逃げようとしたが、捕まってこの牢屋に入れられた。

「なんで辞められないの？　もう精霊に酷《ひど》いことをしたくなかったんでしょう？」

シーラの疑問に、男は苦笑する。

それは常識だけれど、私欲にまみれた貴族にとっては非常識だ。

「精霊は絶滅したと国が発表しているからね、まさか王城の地下で精霊を捕まえて魔力を奪っているなんてばれたらたまったものじゃないんだろう」

「どうして、精霊たちの魔力を奪うの!?　何も悪いことなんて、してないでしょう？」

酷いと、シーラは叫ぶ。

「もちろん、わかってる。でも、私にはどうしようもない」

この牢屋からすら、逃げ出すことができないのだから。

そう寂しそうに、男が笑う。

「……精霊の魔力は、この国の豊穣《ほうじょう》と、国王の病気の治療のために使われているんだ」

「え？」

魔法陣があっただろう？　と、男はシーラに確認する。それに頷《うなず》くシーラを見て、言葉を続ける。

「あの魔法陣には、二つの役割があるんだ……」

一つ目は、精霊の魔力で国中の植物の成長促進をしていること。

二つ目は、病を患っている国王に精霊の魔力を送ること。

「だからあの魔法陣を壊すと、精霊は解放されるけど国王の病が悪化し、そして国の植物がほとんど枯れてしまう」

「そんな……」

ありえないと、シーラが言葉を続ける。

国王の治療はともかくとして、植物が精霊の魔力なしでは育たないなんて馬鹿げている。だからシーラはすぐに、男の言葉を否定した。

「……魔王ピアを知っているか？」

「魔王？」

唐突に振られた言葉を聞き、シーラは首を傾《かし》げる。

――魔王って、ルピカたちが倒したって言ってたはず。

名前までは知らなかったけれど、友人の名前と一緒だったのかとぼんやり思う。「倒したって聞いた」と伝えると、男はゆるく首を振る。

「今じゃなくて、昔いた魔王だ。国が勇者を選び、魔王と戦ったそうだ。そのとき、この国の植物に育たない呪いをかけられたのだと私は聞いた」

「呪い……じゃあ、それを緩和させるために、精霊が利用されてるってこと？」

「そうだ」

「何それ、精霊たちは何も悪くないじゃない！」

シーラの中で、怒りが膨れ上がる。

いくら呪いをかけられたからといって、精霊を一方的に苦しめ続けるなんて、最低だ。人間は皆優しく穏やかだと思ったのに、まったくそんなことはなかったらしい。

村から出てルピカたちに会えて嬉《うれ》しかったのに、どんどん気持ちが冷めていくのがわかる。

とりあえず、確実にわかったことが一つ。

あの床の魔法陣を消すことができれば、精霊たちが助かるということだ。さっきは助け出す方法がわからなかったけれど、わかってしまえばこちらのものだ。

シーラは、大きく息を吸う。そして唱えるのは、力強い言葉だ。


「風を司るシルフよ、その力を刃にせよ！　《ウィンドナイフ》！」


「――ッ!?」

シーラが使ったのは、言わずもがなの精霊魔法。

男は大きく目を見開き、カランと音を立てて壊れた鉄格子の残骸を見ることしかできないでいた。


なんなく鉄格子を壊し、シーラは深呼吸をする。

これから広間の魔法陣を破壊し、精霊たちを助け出すのだ。

「お嬢ちゃん、それ……精霊魔法か!?」

「…………」

牢屋に囚《とら》われていた男がシーラを見る。

精霊の研究施設にいたのだから、精霊魔法の詠唱も知っているのは当たり前なのだが——装置に閉じ込めた精霊から力を奪うことなく、シーラが簡単に使ってみせたことに驚愕《きょうがく》したのだ。

「まさか、こんなお伽噺《とぎばなし》のような光景を見ることになるとは……」

そしてよく見れば、シーラが身に着けている装飾品が精霊の召喚石だということに気づく。

けれど、あんなにも綺麗《きれい》な輝きをしているものは、召喚石の欠片《かけら》でも男は見たことがなかった。

通常の精霊の召喚石は、レティアが所持していたようにくすんでいるものが多い。それが通常であり、使うことができないものだと研究者の間では言われていた。

「まさか、こんなに一瞬で研究者の常識を覆されるなんて……」

男は恐怖を感じるが、それよりも歓喜の方が上回る。抜け出そうと思っていたけれど、研究者としての好奇心だけは捨てることができないようだ。

牢屋を立ち去るシーラの後ろ姿を見て、呼び止めようとして——しかし怒りに震えるシーラにそれ以上言葉を発することができなかった。

第十三話　反撃開始！

あっという間に牢屋《ろうや》を抜け出したシーラは、見張りもさくっと精霊魔法で倒す。驚きに目を見開いていたが、そんなのはシーラの知ったことではない。

でも、なんの気がかりもないわけではない。

――精霊は助けたいけど、植物が枯れるのは嫌だ。

それだけはどうにかして解決できないだろうかと思うけれど、シーラには植物を成長させるようなことはできない。

もっと自分に力があれば、何か解決できたかもしれないけれど……。

「魔王の呪いって、どうやったら解けるんだろう?」

人にかけられた呪いであれば、シーラの治癒魔法で解呪することもできるだろう。でも、大地なんて広範囲では、どのように対処すればいいかわからない。

実際に呪いをかけた魔王に聞けたらいいのだろうけれど、まだ会うことができるのだろうか?　ルピカたちが倒した魔王よりも何代か前だと男が言っていたから、死んでいる可能性は高いように思う。

「とりあえず、精霊たちを助けてから考えよう」

精霊たちを縛り付けていた人間は困るだろう。けれど、もともと精霊たちは悪くないのだから、利用されるいわれはない。

牢屋があった場所から階段を上り、先ほどの広間をこっそり覗《のぞ》き見る。

シーラが牢屋を壊して抜け出したことは誰も気づいていない。

誰も抜け出せるとは思っていないのだろう。現に、囚《とら》われていた研究員の男は今まで抜け出すことができなかったのだから。

しかし、シーラはその限りではない。

こんな牢屋を抜け出すくらい、わけないのだ。

研究員たちは、先ほどシーラが捕らえられたときの騒ぎなんてまるでなかったかのように作業を続けていた。

変わらず精霊たちが苦しそうにしている姿を見て、唇を噛《か》みしめる。

けれど、今は精霊たちを助け出す方法がわかっている。

「あの精霊たちが捕まってる装置を壊さなくてよかった……」

それに関してだけは、胸を撫《な》でおろして元研究員の男に感謝する。装置を壊し、逆に精霊たちを苦しめてしまってはどうしようもない。

どうやって助け出そうか？　――なんて、悩みはしない。

シーラはバッと広間へ飛び出した。

精霊魔法をぶち込んで、魔法陣を壊す。

やることはいたってシンプルなので、綿密な作戦は必要ない。力任せにすればいい。

「なっ!?　さっき捕まえた子供!?」

「どうして牢から出てるんだ!?」

「誰かあの娘を捕まえろ!!」

研究員たちの慌てる声を聞きながら、シーラは装置に囚われた精霊たちを見る。すぐに助けてあげるからねと心の中で呟《つぶや》いて、精霊魔法を使う体勢に入る。

が……精霊たちの力を借りるために詠唱しようとして——シーラは大きく目を見開いた。

「ルピカ!?」

「あぁ、こんなところでシーラ様に出会えるなんて、わたくしとっても嬉《うれ》しくてよ?」

シーラが広間に辿《たど》り着いた通路から、ルピカを羽交い締めにするようにして連れたレティアが姿を現した。

その表情は恍惚《こうこつ》としていて、シーラに出会えたことを心から喜んでいる。

ぞくりとした寒気が、シーラの背中に走る。

広間にいた研究員たちがざわめき、端による。その合間をレティアは堂々と歩き、シーラの下《もと》まで来た。

「レティア様だ……」

「あれは侯爵家のルピカ様?　まさか、侯爵家にこの研究施設がばれたのか……?」

こそこそと話す研究員たちの声に、ルピカの家はこの件に無関係だということがわかる。

「んぐ……っうぅ」

レティアの拘束から抜け出そうともがくルピカが、逆に喉を強く押さえられて苦しそうに声をあげる。

「ルピカ！　ルピカを離して!!」

「それはできない相談ですね？」

シーラが叫ぶけれど、ルピカは自分のことは気にするなというように首を振る。

けれど、シーラにルピカを見捨てて魔法陣を壊すという選択肢はない。魔法陣を壊すと、ルピカにも攻撃が及んでしまう。

「シーラ様ってば、欲張りですねぇ？　精霊も、ルピカ様も、両方がほしいなんて。それに比べて、わたくしは精霊かシーラ様のどちらかでいいのに」

「――っ!?」

両方なんて駄目だと、レティアは笑う。

けれど、「でも、そうね」と口元に指をあてる。

「いいえ？　わたくしは、シーラ様をもらえるのであれば精霊を解放してもいいかしら？」

だから選びましょう？　そうレティアが微笑《ほほえ》む。

にこにこ笑うレティアを見て、とてつもなく不愉快な感情がシーラの胸に込み上げる。こんなにも酷《ひど》い人がいるなんて、と。

「…………」

レティアを許そうとは、思えない。

ルピカと精霊のどちらかなんて、選べるわけがない。

ならばどうするのがいいだろうかと考えて――ひとつの方法を考えつく。けれどそれは、ルピカを危険にさらしてしまう方法だ。

「……ん、はぁっ、シーラ！　わたくしのことはいいですから、あなたが最善だと思ったことをしてください!!」

何かを思いついた顔をしたシーラを見て、ルピカが叫ぶ。

「ルピカ！」

暴れるルピカをレティアが押さえつけるけれど、にやりと笑い首にかけていた腕の力だけを緩めた。

どうやら、ルピカが会話することを許すようだ。

「あら、ルピカ様はシーラ様を試すようなことをおっしゃるの？」

レティアは自分がルピカを押さえている以上、シーラが己を攻撃することはないのだとゆさぶってくる。

レティアを睨《にら》みつけて、ルピカは声を荒らげる。

「あなたは黙っていてください！　シーラ！　わたくしなら、大丈夫です。だってシーラ、あなたがいるんですもの」

たとえ死にそうになったとしても――あなたが助けてくれるでしょう？　と、ルピカの目がそう告げている。

「――――ッ！」

ルピカの叫びと同時に、複数の足音が響いて武装した男たちが広間へと現れた。レティアが呼んだ、研究施設の存在を知っている騎士たちだ。

それを見て、ルピカは考えていた以上に精霊研究に関する規模が大きかったことに驚いた。

騎士たちはレティアの前に立ち、指示を仰ぐ。

「レティア様！　ここは我々が対応いたします！」

「ええ、もちろんよ。最優先すべきは、そこの彼女――シーラ様よ。それ以外は、被害が出てもかまわないわ」

レティアは騎士にルピカを渡し、その腕を締め上げさせる。

「うぐっ！」

痛みに顔をしかめるルピカを見て、シーラは絶対に許さないぞと決意する。

レティアが一歩後ろに下がり、男たちが中央へゆっくりと足を進めてくる。それを見ながら、シーラは少しずつ後ろへと下がる。

シーラの後ろにある通路は、奥が牢屋になっているため行き止まりだ。それを知っているため、男たちは品のない顔でにやにやと笑う。絶対に逃がさないと、余裕の表情だ。

「可愛《かわい》いねぇ……でも、レティア様に気に入られるなんてなぁ」

「人体実験ですか？」

「あら、人聞きの悪い。わたくしは、シーラ様のすべてを知りたいだけなのよ？　その服の下を、皮膚の下に流れる血を……」

だから早く捕らえて？　と、レティアが男たちに指示する。

「だめ、シーっあ、ぐう……っ」

「ルピカ様は大人しくしていてくださいね。精霊に関わろうとしなければ、このように酷い目には遭わないで済みましたのにねぇ？」

逃げるか自分に構わず攻撃をして――そうルピカが告げるよりも先に、騎士がルピカを床へと叩《たた》きつけた。その勢いは強く、ルピカは痛みに顔をしかめる。

魔法使いである彼女は、物理攻撃にめっぽう弱い。

しかしシーラは、その様子をいたって冷静に見つめる。

ゆっくり下がり、床に描かれている魔法陣の外まで出て、まっすぐレティアに視線を向けた。

「精霊は解放してもらうから！」

「あら……？　ルピカ様ではなく、精霊を選びます？」

「違う。私はルピカも精霊も、両方選ぶ！」

レティアの問いかけに、そんなことはしないとシーラは首を振る。そのまま両手を前に出して、精霊魔法を紡ぐために口を開く。

まさか攻撃してくるとは思っていなかったのだろう。レティアは驚き、慌てて騎士たちに指示を出す。

「なっ!?　早くシーラ様を捕まえなさい！」

「「はいっ！」」

命令を聞き、男たちがシーラへ向かって走り出す。

――きた！

全員が魔法陣の上に乗っていることを確認して、シーラは口元に弧を描く。シーラ一人対大人数では、ルピカを取り戻すことはできないと判断した。

最悪、戦っている間にルピカが殺されてしまうという可能性だってある。それでは駄目だ。

なら、どうすればいい？

答えは――そう。

ルピカを巻き込むのを承知で、レティアと男たちに攻撃をしかけて倒してしまえばいい！

自分の治癒魔法ならば、それが可能だ。

ルピカが痛い思いをするのは申し訳ないけれど。でも。

――ルピカが私の最善に託してくれた！

必死にシーラに叫んでくれた。その気持ちを、踏みにじりたくないと思った。

だったら、それに応えたい。

もちろん可能な限りルピカは無傷で助けるけれど。

「大地の生命宿るノームよ、その息吹を咲かせなさい――《アース・ブレイク》！」

力強い声に応えるのは、土の精霊であるノーム。

シーラの足元を中心に、ぴしりと床に亀裂が入り強い光が溢《あふ》れ出る。それはそのまま刃となり、向かってきた男たちを串刺しにした。

けれど、それと同時に――。

――駄目、やっぱりルピカだけを綺麗に回避することはできない！

ノームの刃は、ルピカにも襲いかかる。

かろうじて串刺しは免れているが、頬に、胸に、足に……攻撃がかすり服が破れて赤い血がしたたり落ち、ルピカは苦しそうに顔を歪めている。

心の中でごめんねと謝り、シーラは広間の端に寄っている研究員たちを見る。恐怖で足ががくがく震えていて、腰を抜かしている人も少なくはない。

魔法陣が崩れたので、牢屋に閉じ込められていた男の話が真実ならば精霊は解放されているだろう。じっと装置に視線を向けると、中でぐったりしていた精霊がぴくりと動いた。

『……ッ！』

顔をあげ、シルフの眷属《けんぞく》がシーラを見た。

大きく目を見開き、そして涙が溢れ出ているのがわかる。ぱくぱく動いている口は、ありがとうと言っているようだ。

「よかった、みんな無事みたい。精霊が無事なら、あとはもうこっちのものだ！」

シーラは詠唱を破棄し、精霊魔法を使い、立ち上がろうとしていた男たちを攻撃する。そのままその横を走り抜け、血を流して倒れているルピカの下へ。

かすり傷を負っているらしいレティアには、ついでに攻撃魔法を使って吹っ飛ばして近づけさせないようにするのも忘れない。

「っ、シー」

「大丈夫。すぐに治癒魔法をかけるから……《ヒーリング》！」

シーラが治癒魔法を使うと、ルピカの体が優しい光に包まれる。みるみるうちにルピカの傷は癒えて、綺麗な肌が現れる。

「これがシーラの治癒魔法？　あたたかい……」

「そうだよ。そんなに得意じゃないんだけど、これくらいの傷ならすぐ治せるから」

「………」

思わずそれは違うと言いかけて、ルピカは口を噤《つぐ》む。今はそんなツッコミを入れている場合ではなかった。

「痛い思いをさせちゃって、ごめん」

そう言って、シーラはルピカをぎゅっと抱きしめた。

精霊を縛る魔法陣を破壊して、ルピカの傷は綺麗に癒すことができた。精霊も、ルピカも、その両方がシーラの下へと戻ってくる。

装置の中で苦しそうにしていた精霊は、もういない。

これで怖いものなしだ。

『ありがとう、助かりました』

『まさか助けてもらえる日がくるなんて……』

ノームの眷属とウンディーネの眷属が現れて、シーラへ礼を述べる。

いつも精霊たちに助けてもらっているのだから、これくらいお安い御用だ。……多少は苦戦したけれど。

「みんなが無事でよかった」

『魔力が少なくてちょっと辛《つら》いけど、元気だよ』

「うん」

精霊たちはにこにこしているが、少し元気がない。

それについては心配になるけれど、自然の中へ帰ることができたのだからすぐに回復するだろう。

しかし、魔法陣を壊したことにより――魔王の呪いが発動するということが気がかりだ。

ここで倒した研究員たちは別にいいが、ルピカやマリアたちが困るのは本意ではない。かといって、シーラがそこまで面倒を見る義理もないのだけれど……。

シーラが精霊たちの様子を見ていると、ドゴオォンと大きな音が響く。

「え!?」

驚いて、音のした広間の端を見る。

いったい何事かと思えば、そこにいたのは風の下位精霊シルフと火の下位精霊サラマンダーだった。

どうやら、この地で捕らえられていた自分の眷属が解放されたのを察知して駆けつけてきたようだ。両者ともに、その瞳には怒りの色が浮かんでいる。

精霊たちが捕らえられていた装置に魔法をぶち込み、豪快に破壊した。

好戦的な二人の精霊は、あの装置がとても不快らしい。次々と風の刃で切り刻み、高温の炎で塵《ちり》も残さないほどに燃やしている。

辺りは研究員たちの阿鼻叫喚《あびきょうかん》。

逃げようとする人には、容赦なく魔法を食らわせている。シーラがこれ以上何かをする必要がないくらいに、精霊が自ら報復をしていた。

『サラマンダーとシルフは、まったく……』

呆《あき》れたような声が聞こえて振り返ると、シーラの後ろにウンディーネまでもがやってきていた。どうやら、どの下位精霊も捕らえられていた己の眷属が心配だったらしい。

「ウンディーネ！　この状態、知ってたの？」

『いいえ。この地に来ることが不可能なのは知っていましたけれど、その原因まではわかっていませんでした。……まさか、こんなことになっているなんて』

心配していたけれど、自分たちにはどうすることもできなかったとウンディーネが言う。

助けに行こうとしたこともあったが、この地に顕現するとすぐに力を吸い取られてしまい無

理だったのだという。

ウンディーネが呆れたようにシルフたちを見るけれど、止めるつもりは毛頭ないようだ。むしろ、研究員たちが逃げないようにさり気なく足止めを手伝っている。

『あの二人が報復するのであれば、私は癒しを与えましょう』

ウンディーネは癒しの歌で、魔力がなくぐったりしている精霊たちに自らの魔力を少しずつ分け与えて回復促進を行う。

次第に元気になっていくたくさんの精霊たちを見て、シーラはほっと胸を撫でおろした。

眼前で繰り広げられるシルフとサラマンダーによる惨劇を見たルピカは、精霊を怒らせてはいけないのだと……心にとめる。

「精霊、すごいです……」

震えながら、広間が破壊されていくのを見つめるしかできない。

精霊たちが閉じ込められていた装置を一つ残らず壊したところで、天井が崩れ始めた。うっかりしていたが、ここは地上ではなく――地下なのだ。

このまま天井が崩れてしまっては、生き埋めになってしまう。

すぐにシーラがその状況を把握して、茫然《ぼうぜん》と精霊たちを見ているルピカへと走り寄ってその腕を摑《つか》む。

「いけない、ここから出ないと！　ルピカ、立てる？」

「は、はいっ！」

精霊たちならば問題はないが、人間であるシーラとルピカは死んでしまう。

「早くしないと埋められちゃう！」

脱出するため階段に向かおうとすると、牢屋に続く階段から研究員の男が歩いてくるのが見えた。シーラに精霊たちと魔法陣のことを教えてくれた男だ。

すぐに広間を見回して、飛び出るのではないかというほど大きく目を見開いた。

「こ、これはいった――うわあぁぁぁっ」

しかし、顔を出すなりすぐシルフが風の刃を男に向かって繰り出す。

研究員である男は非戦闘員だ、あっさりとそれを食らってその場に崩れ落ちる。さらに、上からは崩れかけた天井の破片が落下してきた。

それを見たシーラは、慌てて風の魔法を使う。

「あぁっ、《ウィンド》！」

『シーラ!?』

生み出された強風が天井の破片を風圧で吹き飛ばすと、シルフがどうして助けたのだとシーラに詰め寄ってくる。

ここの研究員はみな死ねばいいと思っているらしく、シルフの怒りは増す一方だ。

けれど、あの人がいなければ精霊をちゃんと助けることができたか怪しかったのも事実。

「この人が、精霊たちの解放の仕方を教えてくれたんだよ！」

尻餅をついている元研究員の男を指さして、シーラは教えてもらった情報がいかに重要なものだったのかをシルフに伝える。

もし魔法陣の破壊という方法を知らず装置だけを壊していたら、捕らえられていた精霊たちが無事生きていたのかもわからないのだから。

必死に説明すると、怒っていたシルフは次第にその表情をゆるめていく。

『え、そうなの？　でも、あいつらの仲間でしょ？』

「あ、うん、そうだけど……苦しくなったから辞めようとしたけど、捕まっちゃったんだって」

『なら、一回だけは見逃してあげてもいいわ』

次はないと、シルフが崩れてくる天井を見る。

どうやら自力で逃げる分には見逃すが、シーラが二回助けることは許してくれないらしい。

確かに、今は牢屋に囚われていたけれど、長年精霊たちを研究対象にし苦しめてきた人間だということは変わらない。

シーラは少し迷いながらも、それでいいとシルフの意見に頷《うなず》いた。

「あ、でもルピカは私の友達だから駄目だよ！　いい人だから」

『わかった。その人はここにいた人じゃないから、別にいいよ！』

あくまでも精霊を捕らえていた研究員たちに対して怒っているので、関わっていない人間にまで何かをするつもりはないのだとシルフは告げる。

『あとは――そこっ！』

「きゃっ！」

「！　レティアさん……」

シルフが見据えた先にいたのは、ちょうど逃げようとしていたレティアだった。風の刃で切りつけられて、レティアが転ぶ。

『あの気配、嫌な感じ！　あいつは絶対に許さないわ』

シルフは自身の周りに風の渦を作り出して、天井からパラパラと落ちてくる破片を操る。そしてそのまま、それを容赦なく研究員たち目掛けて飛ばしていく。

どんどん悲惨になっていく広間を見て、本格的に逃げないと生き埋めになってしまうと焦る。

「シーラ！　わたくしたちは、先に脱出をしないと……!!」

早くと声を荒らげ、今度はルピカがシーラの腕を掴む。このままでは生き埋めになってしまうが、シーラはシルフとレティアの様子が気になってしまう。

「でも、気になって……」

ぎりっと唇を噛みしめ、首を振る。

かといって、脱出しなければ……おそらく、この地下だけでなく王城もこの上階部分は崩れてしまうだろう。

そうなると、生き埋め回避が難しい。

どうしようか悩んでいると、後ろからなまりのある独特な声がした。

第十四話　その結末と精霊たち

『少しの間なら、抑えれんよ。ほいっ！』

いつやって来たのか、シーラの後ろにはノームがいた。のほほんとした表情からは、何を考えているのかいまいち読み取ることができない。

ノームが力を使うと、ピタリと天井の崩れが止まった。

「これって……」

シーラはいったいどうなっているのだろうと、首を傾《かし》げる。

『建物の材料に土が原料のものが使われてっから、少しの間だけ制御ができるん』

「すごい……精霊はこんなこともできてしまうのですね」

ノームの説明を聞いて、ルピカが驚く。

鉱石や宝石などもノームが扱うものなので、この王城にはノームの力となるものが豊富にあるのだ。

そのことにほっとしながら、シーラはいっそシルフに加勢してしまおうかなんて考える。

――レティアをこのままにしておくのは、よくない気がする。

精霊たちを苦しめたレティアを放っておいたら、また同じことをするかもしれない。

「ルピカは、先に上へ行って！　それで、マリアさんたちに避難してもらって！」

「え⁉　わたくしだけ戻るなんて、できません！　それにマリアたちなら、もう避難しているはずです」

だから大丈夫だとルピカが叫ぶけれど、シーラはそれを否定する。その視線は、ルピカから風を纏《まと》うシルフとその眷属《けんぞく》たちへ移る。

ウンディーネの力で回復したシルフの眷属たちが、加勢したようだ。風の強さは先ほどよりも勢いを増していて、ノームがいなければここはとっくに崩れ去っているだろう。

「シルフがあれだけ怒ってるのに、ちょっとの避難じゃ駄目！　全力で魔法を使うことはしないだろうけど、このお城くらいなら簡単に全壊すると思う‼」

「ぜ、ぜんかい……っ⁉」

「そう！　だから、ルピカは先に上へ行ってて」

「……わ、わかりました！　でも、シーラもすぐに来てくださいね⁉　絶対ですよ！」

「うん！」

本当であればシーラを引きずってでも地上へ連れていきたいが、ルピカは仕方なく一人で出口へと向かう。彼女であれば、この状況でも大丈夫だろうという思いもある。

というか、結果的にこの状況を引き起こしたのがシーラなのだから……っ。

「ルピカ、ちゃんと逃げてね～！」

「はい……っ」

ルピカは改めて、エルフ《シーラ》ってすごい……そう思ったのだった。


シーラはルピカが避難したのを確認してから、まるで悪人のような顔をしているシルフへと目を向けた。その目は完全に血走っている。

レティアをひと思いに殺さず、ちまちまと傷つけて苦しめようとしているのがわかる。

はたから見たら、間違いなくシルフが悪人だろう。

——このままシルフに任せてしまう？

正直、何度も感じていたがシーラはレティアがあまり得意ではない。

可能であれば、二度と視界に入れたくないくらいだ。しかしここでレティアがどうなったのかを確認しなければ、今後も精霊たちの心配をしなくてはいけなくなってしまう。それでは駄目だ。

「とりあえず、私もシルフに加勢しとこうかな」

そう考えシーラが火の精霊魔法を使おうとするが——それよりも早く、サラマンダー本人がレティアめがけて炎を放つ。

『業火よ轟《とどろ》け！』

「きゃあああぁぁっ！」

一瞬にして炎がレティアを包み込み、シーラは出鼻をくじかれる。

攻撃を食らったレティアは何度も「熱い」と叫んで、それでも必死に水の魔法を使って自分にまとう炎を消そうとしている。

けれど、単なる水魔法で精霊であるサラマンダーの炎を消すことができるわけもなく。

レティアの着ていた衣服は焼けて、白い肌には黒い火傷《やけど》の痕……。許せない相手ではあるけれど、見ていて気持ちのいいものではない。

苦しそうにうめくレティアを見て、なんとあっけないのだろうと思う。

シーラが複雑な思いで顔をしかめると、『わぷーっ』という声とともにパルがレティアとシルフの間に立ちふさがった。

「え、パルちゃん!?」

そういえば、レティアの使い魔だから一緒にいたことを思い出す。けれどパルが出てきたところで、もう手遅れだろう。

レティアは浅い息を繰り返して、パルを見ている。その瞳はもう焦点が合っておらず、本当に視界に捉えることができているのかすら怪しい。

「はっ……はぁっ、く」

『わぷ』

突然飛び込んできたパルに驚きながらも、シルフは風の刃を生み出しレティアに向ける。

『わぷっ！』

『え、うそ……ッ!?』

大声で鳴いたパルの前に、大きな光の壁が現れてレティアを護《まも》った。まるで鏡のようにキラキラ光り、風を反射しながら防ぐ。

使い魔だということは知っていたが、何か力があるとは思ってもみなかった。シーラは驚きながら、その様子を見る。

けれど、パルに戦う意思はないらしい。レティアの前に立ち、シルフからの攻撃を必死で防いでいるだけだ。

いっさい攻撃をしないパルに、シルフが苛立《いらだ》ちを覚える。

『ちょっと、どきなさいよ！　私はその女を殺したいのよ!!』

『わぷ！』

シルフがパルに怒鳴るけれど、その場から一歩も動かない。互いに睨《にら》み合いながら、隙を窺《うかが》っているようだ。

双方が睨み合う状態を見て、シーラはどうしたものかと考える。

今はノームが崩壊を食い止めてくれているけれど、あまりここに長居しては天井が崩れてしまう。

悩むシーラの横にやって来たのは、ウンディーネとノームだ。

『なんだかやっかいですわね……シルフは短気ですし、特に今は気が立ちすぎている』

『もう少し穏やかに生きればいいのにのー』

これは止まらないと、二人が頷《うなず》く。

悟りを開いたように頷きながら、ウンディーネは今から起こることを予告する。

『シルフがとる行動は一つね』

『んだの』

「え、え、え、待ってウンディーネ、ノーム。それってもしかしてもしかしなくても」

シルフの様子から冷静な判断をし、ウンディーネはシーラの周りに水の防御膜を作り上げる。

――あ、やっぱりだ！

嫌な予感ほど当たるものはない。

『大丈夫よ、シーラに怪我《けが》はさせないから』

優しく微笑《ほほえ》むウンディーネは聖母のようだけれど、話している内容と行っていることは物騒きわまりない。

ウンディーネがわざわざシーラへ守りを授ける理由なんて、一つしかない。

シルフは声を荒らげて、風に力を込める。

『私の前からどかずに結界を張るなら、それごと壊すまでよ！　轟け、暴風!!』

「――――っ!!」

叫んだ力ある言葉は、先ほどまでとは比べ物にならないほどの風を纏った。

シルフを渦の中心にして、竜巻ができあがる。それはあっという間に大きくなり、広間の壁をえぐって巨大化していく。

容赦なく研究員たちをも巻き込むそれに、シーラはぞっとする。

「あわわわ、あんなの避《よ》けきれない！」

『シーラには守りを授けていますから、大丈夫ですよ』

にこりとウンディーネが微笑んだ次の瞬間には、竜巻が一気に膨れ上がり、城も人も飲み込まれ――破壊された。

第十五話　聖女誕生

地下にいたはずなのに、明るい光がシーラを照らす。

真夜中だと思っていたのに、いつの間にか朝日が昇っていたらしい。どうやら、自分が思っていたよりもずいぶんと時間が経過していたようだ。

なぜ地下に朝日が？　そう思うだろう。

答えは簡単。王城が全壊してしまったからだ。

王都のシンボルとも言える王城は、一夜にして瓦礫《がれき》の山と化した。ここで平然と佇《たたず》んでいるのは、シーラと四人の下位精霊だけだ。

「……やりすぎだよぅ、シルフ」

『すっきりした〜！』

シーラ自身はウンディーネが水の結界を張ってくれたため無傷だが、辺りは死屍累々《ししるいるい》。いったい何人が生きているのだろうかと、体が震えるほどだ。

そしてすぐに、ルピカたちの安否を確認しようと周囲を見渡す。

ルピカだけではない、マリアやアルフ、クラースは無事だろうか。もしかしたら、瓦礫の下に埋まっているという可能性だってある。だとしたら、すぐさま救出しなければいけない。

――でも、逃げてって言ったから、きっと無事なはず。

「ルピカー！　どこにいるのー!?」

周囲の状況も気になるが、ひとまずルピカを捜そうと決める。マリアたちと一緒にいてくれたらいいけど……そう思いながら瓦礫の中を駆けまわる。

「どこだろう」

玉座の間だった場所は見るも無残な有様になっていた。大きな柱がむき出しになり、窓ガラスも粉々に砕け散ってしまっている。歩くたびに、じゃりっという音がした。

「ルピ――ッ!!」

もう一度名前を呼ぼうとしたところで、シーラは見てしまったモノにハッとする。

それはシルフとサラマンダーの魔法を受けて、見るも無残な姿になったレティアだ。顔は半分焼け、息をしていなかった。

ずっと一緒にいたはずのパルは、姿が見えない。どこかに一匹で逃げたのかもしれないが、今のシーラにはそこまで考える余裕はなかった。

見たくなかった、そう思ったけれど……もう遅い。

「……私は」

自分のせいで、人が死ぬ。

その事実を受け止めるのに、時間がかかりそうだとシーラは拳を握りしめる。ポタポタと赤い血が流れるが、それは瞬時に癒される。

無意味な行為だが、これくらいしなければ後悔の念に押しつぶされてしまいそうだった。

そして改めて、周囲を見る。

聞こえてくるのは、苦しそうにする人たちの声と悲鳴だ。

つい先日は魔王討伐の祝賀パーティーをしていたのだから、こんなことになるなんていったい誰が予想していただろうか。

「……っ」

シーラは深呼吸をして、心を落ち着かせる。

「まずは先に、ルピカのところに行かなきゃ」

しばらくして、シーラは人だかりができている場所を見つけた。

そこにはルピカと、何やら指示を出しているマリアの姿があった。それにほっとして、すぐに駆け寄る。

「ルピカ！　マリアさん！」

「シーラ!!　ああ、よかった無事で……っ!!」

「わっ」

手を振ってルピカの方へ行こうとして、しかしそれよりも早くルピカがシーラに飛びついた。

無事でよかったと涙を流すその姿に、心配をさせてしまって申し訳なかったと思う。

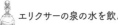

「うぅん、ルピカこそ。大丈夫だった？」

「ギリギリでしたけれど、なんとか間に合いました。マリアにもすぐ合流できたので、今は統率しているところなんです」

「まったく、こんな無茶をするなんて思ってもみなかったわ」

苦笑するルピカとマリアは、けれどどこか満足そうな表情だ。シーラもそれにつられて笑い、少しだけ気持ちが楽になる。

そして同時に、ルピカとマリアが怪我《けが》していることに気づく。

シーラがヒールを唱えると、みるみるうちに傷が癒え――周りにいた人たちから「おおぉっ」と感嘆の声があがる。

「ありがとう、シーラ」

ルピカは傷のなくなった手の甲などを見ながら、礼を述べる。

「助かったわ。……一応の報告は、先ほどルピカからしてもらったから大丈夫だけれど、あとでシーラも詳細を教えてちょうだいね」

マリアは自分の怪我のことよりも、今後の対応をどうするか考えているようだった。

今も多くの人がマリアの下《もと》へ集まっており、指示を出すだけでも大変なのだ。

「わかった」

頷《うなず》くシーラにマリアがほっとしたところで、一人の男性が前へと出てきた。いったいなんだろうと首を傾《かし》げると、ぐいっとシーラの腕を摑《つか》んだ。

「すぐ、陛下にも癒やしの魔法をかけてください。傷が、深いのだ……っ!!」

「！」

思わず攻撃を……と思ったシーラだったが、どうやら敵ではないらしくすんでのところで手を止める。国王ということは、マリアの父親だ。

シーラはすぐに頷いて、男の後について行こうとしたのだが――今度はマリアがシーラの腕を摑む。

「マリアさん？」

「エレオノーラ様、早くしないと陛下が……あなたのお父上が危ないのですよ。すぐにこの娘から手を離し――」

「黙りなさい」

「っ!?」

文句を言う男を睨《にら》みつけて、マリアはゆっくりと首を振る。

「今しがた、陛下が息を引き取ったという報告を受けました。治療は必要ありません」

「な、なんだと!?　陛下……っ!!」

マリアの言葉を聞き、男は摑んでいたシーラの腕を離して駆け出した。おそらくその方向に国王がいるのだろうと、ぼんやりした頭で考える。

けれど、今はそうではなく、そうではなくて――。

「マリアさんのお父さんが……っ!?」

国王とはほんの少し顔を合わせただけで、どういった人なのかシーラはあまり知らない。けれど、マリアの父親なのだ。娘である彼女が、辛《つら》くないわけがない。

たとえ精霊を自分の治療のために利用していたとはいえ、マリアの肉親であることに変わりはない。

自分がこの国に来なければ、精霊のことを教えなければ、こんなことにはならなかったという思いもあった。

シーラにも家族はいて、もし亡くなったとあれば……とてもじゃないが気丈に振舞える自信なんてない。

「ごめんなさい、私が勝手に行動しちゃったから……」

マリアになんて謝ればいいのだろうと、唇を噛《か》みしめる。

けれど、マリアの口から出た言葉はシーラがまったく予想していないものだった。

「気にしないでいいのよ、シーラ。これでわたくしが国王になれる」

「え……？」

「……今回の精霊たちの事件の首謀者は、お父様……陛下だったのよ。国のトップに立つ人間がそんなことをするなんて、許せない」

だから、治癒魔法が間に合わないように少しシーラの腕を掴んで足止めさせてもらったのだと、マリアにさらりと告げられた。

シーラは息を呑《の》んで、マリアを見つめる。だって、まさかそんなことを彼女が考えているなんて思いもしなかったのだから。

――そういえば、マリアさんから家族の話は全然聞かなかったな……。

マリアはずっと、この国のことを、国民のことを第一に考えてきた。シーラに対しても、王都のいいところや楽しいところを教えてくれた。

「わたくしはこの国が大好きなの。家族よりも、ずっとね」

誰もが幸せに……なんて大それた夢かもしれないけれど、マリアは幼いころから本当にそれを実現したいと思っていたのだ。

マリアの理想はとても高い。

それは、彼女を聖女たらしめる一つの要因にもなっているだろう。

けれど、大人というのは子供の夢を裏切るもので。

いつのころからか、父親の施政はよくないのではと思うようになった。重税に苦しむ国民や、貴族だけが優遇される格差。そこに今回の精霊事件が決定打となったのだ。

「マリアさん、でも、だからって……っ!!」

「いいの。お願いだから、わたくしを立ち上がらせてちょうだい。城を建て直し、わたくしは今まで以上にこの国を豊かで幸せな場所にすると誓うわ」

だからシーラも、それを見ていてとマリアが強い意志を持って告げる。そして同時に、こんな国でごめんなさいと謝罪の言葉も口にした。

「せっかく王都へ憧れて村から出てきたのに、がっかりしてしまったでしょう？」

申し訳なさそうに言うマリアの表情は、目元に皺《しわ》が寄って泣くのを我慢しているように見える。シーラはすぐに、「そんなことない」と口にする。

「全然ないよ。だって、まだ少ししか観光してないけど……ここはとっても素敵で、楽しくて、村にいた私からしたら夢のような場所だよ」

だから、マリアが恥ずべきことはない。

「ありがとう、シーラ。なら、わたくしはもっと、今以上にシーラに夢を見せてあげるわ」

「アリアさん……」

気丈に振舞うマリアに対して、頷くことしかできない。本当は、こんな大変なことをマリア一人に背負わせるのはよくないのでは……という思いがシーラの中にある。

そんな思いを察したのか、ルピカが言葉をかける。

「シーラが気にすることはないですよ」

「ルピカ……でも、私」

「大丈夫ですよ。マリアは強いし、わたくしたちだって付いていますから」

ルピカはマリアの決意を知っていたようで、強い瞳で彼女を見ている。

「わたくしは地下から出て、すぐにマリアと陛下を連れて避難したんです。……城が崩れていくのを見て、きっと混乱したのでしょうね。陛下はどうして地下に捕らえている精霊が――そう、叫んだんです」

「王様が……」

決定打は国王がうっかりしてしまった自白なのだからおかしいでしょうと、ルピカが言う。

そして同時に、もう精霊たちが苦しむこともなくなるからと微笑《ほほえ》んだ。

この国を立て直すのだと告げたマリアの目は真剣で、シーラはこれ以上自分が何か言うべきではないだろうと口を閉じる。


シーラは周囲を見回し、「怪我をしている人が多いね」と言葉をもらす。苦しそうにうずくまっている人に、死にそうになっている人。

すると、瓦礫の山を乗り越えながらアルフがこちらへやって来た。

「ああ、よかった。シーラさんも無事に戻ってこれたんだね」

「はい」

安心した様子のアルフは、現在の状況を見て回ってきたのだと言う。

「重傷者はいるけど、死者はほとんど出ていないみたいだ。それこそ、研究員や――マリア、君のお父上くらいで……」

言い辛そうにするアルフに、マリアは先ほどと同じように「問題ないわ」と告げる。

――死んでいる人は、ほとんどいない。

なら、ここからはシーラの出番だ。

死んだ人間を蘇らせるほどの力はないけれど、かろうじて生きている人間ならばシーラの治癒魔法でも助けることができる。

じっと押し黙ってしまったシーラを、マリアは不思議そうに見た。

「シーラ？」

「うん。治癒魔法を使うね」

「……ありがとう、シーラ。お願いするわ」

「任せて」

大きく深呼吸をするも、大丈夫だろうかと少しの不安があった。

誰かに治癒魔法を使うことはあったが、こんな大勢に使ったことはない。範囲ヒーリングを使えはするけれど、上手くいくだろうか。

――まぁ、なんとかなるよね。

シーラはばっと手を広げ、いったいどこまで負傷者がいるのだろうかと視線を巡らせてみるが――わからない。

困ったな……と思うも、それならいっそ全部を癒してしまえばいいのではないかと考える。

王城が全壊しただけであって、街に被害はいっていない。ならば、治癒魔法の範囲は王城の敷地内で問題ないだろう。

それくらいであれば、瓦礫の山と化した周囲を目視することで魔法の範囲にすることが可能だ。

「よっし、《エリア・ヒーリング》」

「――――っ！」

シーラが治癒魔法を使うと、その光景を見ていたルピカとマリアが息を呑む。

淡い光に包まれながら癒やしを与えるシーラの姿は神秘的で、まるで神の使いではないかと錯覚してしまうほどだ。

まさか、王城の敷地すべてを包み込んで癒やしてしまうなんて……誰が想像しただろうか。

そしてすぐに、倒れている人たちの傷が治り始める。

小さなかすり傷はもちろん、折れてしまった腕や足、瓦礫で潰れてもう動かないだろうと思われていた体の一部。それがみるみるうちに、本来の姿を取り戻す。

シーラは一息ついて、額にじんわり浮かんだ汗を拭う。

「よかった、ちゃんとできた」

範囲ヒーリングを無事に使え、ほっとする。

「これでみんなの怪我は治ったよ！　死んでなければ、だけど」

「なに言っているの、十分よ。……感謝するわ、シーラ」

マリアが感極まり、シーラにぎゅっと抱き付く。そして何度も「ありがとう」と繰り返し、涙を流す。

「シーラがいなかったら、この国はこれからも精霊たちを苦しめていたのね。感謝しても、し

きれない」

「大袈裟《おおげさ》だよ、マリアさん。私は別にそんなすごいことをしたわけじゃないし……」

あははと笑うシーラに、そんなことはないと声を大にして言ってやりたい。そうマリアが思い、声をあげようとした瞬間――わっと歓声が起こった。

「すごい、奇跡か!? 怪我が治った！ 痛みもない」

「私の足が動く……っ！」

「どうなってるんだ、治癒魔法……？」

誰もが助かったことに喜び、歓喜の涙を流す。

いったい誰が治癒魔法を使ったのだろうかと口々に言いだして――シーラを見つけた。

治癒魔法の余韻か、シーラはほんのり魔力の光を発している。横には聖女である王女マリアも一緒にいて、シーラはまるで聖女の下に舞い降りた天使のようだ。

元気になった人たちが全員、こちらに向かい駆け寄ってきた。

怪我をしていた人々はシーラが自分たちの怪我を治癒してくれたのだと理解し、口々に「ありがとう」とお礼の言葉を述べていく。

その勢いに気圧《けお》されて、思わず一歩下がってしまったほどだ。とはいえ、助かったと嬉《うれ》しそうにしている人たちを見るのは嬉しい。

シーラはにこりと笑い、周囲の人に「大丈夫ですか？」と怪我の治り具合を確認する。

「ああ、まったく問題ない。それどころか、持病の腰痛すら治ってる」

「私もあかぎれまで綺麗《きれい》に治ってるよ！」

「そう？　よかったぁ」

今回の傷だけではなく、元々あった怪我や病気なども綺麗に完治したと多くの声があがる。

シーラからすれば治癒魔法を使ったのだから、持病だろうがなんだろうが治って当たり前だ。

むしろ、どうして治癒もせずにほっといたの？　と、疑問に思うだけだ。


最初に――それを口にしたのは誰だったろうか。

その小さな声はシーラには聞こえなかったけれど、あっという間に大きくなる。シーラの耳にも、ルピカにも、マリアにも、その声が届くのはすぐだった。

「聖女様！」

「ありがとうございます、聖女様！」

「聖女様、万歳!!」

徐々に大きくなり、声をあげる人が増えていく。

シーラたちを囲むように、人々が大勢集まって来る。

その声はとても大きくて、空気が震えるのを肌で感じるほどだ。

けれど言われた当人であるシーラは、嬉しそうに手を叩《たた》いている。てっきり恥ずかしがるのかと、ルピカもマリアも思っていた。

まあ、嬉しそうならばいいか。そうマリアが思ったのも束の間で、すぐに本人の口から自分の認識が間違っていたのだということに気づかされる。

「わぁ、すごい……聖女って声援がいっぱい。マリアさん、大人気ですね」

「シーラ……あなたね、本気で言っているの？」

「ん？」

マリアが大きくため息をついて、首を振る。

この歓声は、聖女であるマリアに向けられたものではなく、シーラに向けられたものだ。

たとえ聖女という肩書を持つのがマリアだったとしても、今ここで聖女と呼ばれているのはシーラだ。

あれだけの奇跡を見せつけたくせに、どうして自分のことだと気づかないのかとマリアは呆《あき》れる。しかし同時に、この無欲さがあるからこそ聖女に相応《ふさわ》しいのだろうと思う。

「みんなが呼んでいる〝聖女〟は、シーラ、あなたのことよ」

「え？　なんでですか……？　マリアさんが聖女だったと思うんですけど……」

「あれだけの治癒魔法を使ったのよ？　それを見たのだから、誰もがあなたに聖女という存在を重ねるわ」

マリアから告げられた言葉に、困惑する。

――私が聖女だなんて、ありえない。

だって、村の中では治癒魔法が苦手な方なのに。それなのに、治癒魔法が超すごい!!　みたいに言われても、どうしてと首を傾げるしかない。

――この人たち全員が、私のことを聖女だと勘違いしてるの？

もしマリアの言うことが事実であれば、それはとんでもない。シーラは慌てて、周囲にいる人に否定の言葉を投げる。

「私は聖女じゃないですよ！」

「ご謙遜を、聖女様」

「聖女様、ありがとうございます。ありがとうございます！」

「だから、違うって言ってるでしょう!?」

必死に声を荒らげるが、全員がそれを笑顔で受け流している。聞こえてないの!? と言いたくなってしまうほど、シーラが聖女でないことは認めないようだ。

どんなに否定しても、誰もがシーラのことを「聖女様」と呼び続けるのだった――。

第十六話　新たなる旅立ち

王城の全壊から数日――シーラたちは、ルピカの屋敷に集まっていた。

メンバーは、シーラ、ルピカ、マリア、アルフの四人だ。あの後、クラースを捜してみたけれど、すでに旅に出た後だったということが判明した。

クラースはシーラが最初に出会った村の外の人間だったので、もう少し話をしたかったとも思うし、最後に別れの挨拶をしてくれても……と、肩を落とす。

とはいえ、落ち込んでいる暇はない。

シーラは今、それよりも重要な案件を抱えているのだ。席についているルピカたちを見回して、シーラはコホンと一つ咳払《せきばら》いをする。

「それでは、どうすればいいのかを話し合いたいと思います」

「「…………」」

真面目な表情のシーラだが、その議題は『シーラが聖女と呼ばれ始めてしまったこと』だ。

「話し合い、ねぇ……」

マリアがやる気のなさそうな拍手をし、「第一回聖女会議かしら」と言いながら手元の書類に目を通している。

至極どうでもいいと言わんばかりの態度を見て、シーラはぶんぶんと首を振る。

「マリアさん、そんなこと言わないでなんとかしてください！　私が通ると、いろんなところから聖女様だーって声をかけられるんですよ！　恥ずかしくて外を歩けないです!!」

こんなに注目されるのは無理だ、落ち着かない、助けてとシーラが主張していく。二人のやり取りを見て、ルピカがくすりと笑う。

「でも、シーラは本当に聖女のようですし」

「そうだね、僕もそう思う」

「ルピカ、アルフさん、そんな……」

二人の言葉を聞き、シーラが項垂《うなだ》れる。

けれどマリアは、にやりと笑う。

「今は希望が必要なの。シーラ、あなたは国民たちから希望だと言われているし、そのシーラが仲良くしているわたくしの株も上がるわ」

「えぇぇぇ……」

政治利用してしまっているのは申し訳ないけれどと、マリアが告げる。

これから国王として国を再建していくのだから、味方は多い方がいいのだ。

「王城の瓦礫《がれき》は魔法で一気に取り払うことができても、建てるとなるとぱぱっとはいかないのよね。この数日で瓦礫はほとんど片付いたけれど、やることはまだ山積みなの」

「それは、そうなんだろうけど」

「だから今は、シーラが聖女と呼ばれることに関してまで構っている余裕がないのよ」

というのは、建前。

シーラが本当に聖女として君臨してくれれば、国民にとっての生きる希望になるのでぜひこのままでと考えていたりする。

そんなことを知らないシーラは、確かにマリアもこの国も大変だしと、強く言い出すことができなくなってしまう。

「そ、それは……そうなんだけど」

だけど、このままでは旅に出ても「聖女様～！」と呼ばれてしまうのがオチだ。自由気ままな旅がしたかったのに、これではいったい何のために村を出たのかわからない。

このままでは、ほとぼりが冷めるまで村に帰って大人しくするはめになってしまいそうだ。

「でも、聖女と国民に認められていることはすごいことだよ。……僕も勇者として認められているからわかるけど、騒がれるのは最初のうちだけ。すぐ落ち着くよ」

「アルフさんも同じようなことがあったんですね」

「まあ、ね」

今は少し待てばいいと言うアルフに、シーラはしぶしぶながらも頷《うなず》く。それを確認すると、今度はマリアが口を開く。

「それはそうと、シーラ。これからどうするか決めているの？」

「最初と一緒ですよ。私はのんびり旅をする予定です」

「そうなの……」

「?」

何かを考え込むようなマリアを見て、シーラはどうしたのだろうかと首を傾《かし》げる。

マリアは手にしていた書類を机に置き、何かを思案するように目を閉じた。少しの沈黙のあとに、目を開いてシーラを見つめる。

その様子は先ほどまでとは違い、真剣なものに一変した。

「……こんなことを、この国の人間ではないシーラに頼むべきではないとわかっているのだけれど」

「? 何か、お願いごと?」

「シーラ、あなた、王城が倒壊してから街の外へは出たかしら?」

「外? 日中は瓦礫を運ぶ手伝いをしたし、夜はルピカの家に泊まってるし、街の外には一歩も出てないよ」

それどころか、城とルピカの屋敷以外にはどこへも行っていない。何かあったのかと思い、ふと、牢屋《ろうや》で会った研究員の男が言っていた言葉を思い出す。

『……魔王ピアを知っているか? 今じゃなくて、昔いた魔王だ。国が勇者を選び、魔王と戦ったそうだ。そのとき、この国の植物に育たない呪いをかけられたのだと私は聞いた』

確かに、研究員はそう言っていた。

つまり精霊の魔力が使えなくなった今、この国には呪いが再び現れている――ということだろうか。

精霊を助けた後、シーラはそんなに植物を目にしていなかったため、今まで思い出さなかった。けれど、育たない呪いであれば……あまり見た目に変化はないのかもしれないとも考える。

ルピカの屋敷にある薔薇《ばら》園や草木は、別にしおれたりはしていなかったからだ。

「ここ数日、必死で調べたのよ。魔王の呪いとやらを、ね。奇跡的に生き残った研究員に話を聞いたのだけれど、昔のことだから詳細はわからなかったの。でも、植物が育たなくなるのは本当みたい」

「僕たちが倒した魔王じゃなくて、もっと昔の魔王みたいだね。……正直、呪いの解き方がわからないんだ」

マリアに続き、アルフも困ったように話す。

彼はここ数日、呪いに関することをいろいろと調べていたのだと言う。が、さすがに国全体という大規模だったため、解決策の見当がつかないらしい。

「その魔王は、ピアというらしいね。呪いを解くことができるとしたら、直接この魔王にコンタクトをとるしかないんじゃないかっていう結論に至った」

「え、昔の魔王に!?」

アルフの言葉にシーラが驚くも、すぐに「時間がないのよ」とマリアが告げる。

「今はいいけれど、新しい植物が育たないことに気づいたら……一気に国民たちへ不安が広がるわ。だから、アルフには魔王ピアを捜してもらい、ほかの者はその間に解呪方法を調べるの」

「なるほど……確かに、同時進行の方がいいですね。もしかして、私へのお願い事って……」

「ええ。アルフと一緒に、魔王ピアを捜してほしいの」

その大変なお願い事を聞き、シーラは息を呑《の》んだ。


魔王ピアを捜す。

それがとてつもなく大変なことだろうというのは、さすがにシーラにだってわかる。とはいえ、古い時代の魔王ピアは――当時の勇者に倒されたのではないだろうか。

首を傾げながらマリアを見ると、こくりと頷かれた。

「これほど強力な呪いを持続させるには、術者本人が生きていないと難しいはずよ。だから、わたくしたちは魔王ピアが生きているという結論に至ったの」

「あ、なるほど」

「でなければ、百年ほどで呪いは風化していたはずよ」

呪いにも制限のようなものがあるのかと、シーラは納得する。

「でも、そんな強力な呪いをかけてくる魔王なんて強そう。勇者のアルフさんがいれば、大丈夫かもしれないけど……」

自分を戦力としてカウントしないシーラに、マリアたちは苦笑する。

治癒魔法はもちろんだが、本気で戦えばアルフよりもシーラの方が強いのではないか……というのがマリアたちの意見だ。

アルフは悩んでいる様子のシーラを見て、声をかける。

「準備ができ次第すぐにでも出発しようと思う。シーラさん、一緒に来てもらえる？」

「私は大丈夫ですよ、身軽ですから！」

持ち物は特にないし、買ったドレスはルピカの家で保管してくれる話になっている。特に準備はないので、いつだって問題はないと頷く。

アルフはほっとした様子で、シーラに今後のことを話す。

「なら、明日にでも発《た》とうか。……とはいえ、魔王がどこにいるかさっぱりわからない。手がかりを見つけるまでは、かなり大変だと思う」

「居場所……」

確かに、魔王の居場所がわかれば苦労はしない。

かなり大変な旅になりそうだけれど、もとよりシーラは世界を見て回ろうと思っていたのだから問題はない。

だが、植物が育たないのであればそうのんびりしていることもできないだろう。

「とりあえず、聞き込みをしながら移動していくよ。この街に関してはマリアに任せて、ひとまずは隣街に移動しよう」

「わかった」

隣の街には、馬車を使うと半日ほどで着く。その後、西の方にある山の麓の小さな村に行くとアルフが告げる。

「そこには魔女と呼ばれる人たちがいて、呪術などにも詳しいんだ」

「魔女！　すごい、会ったことない」

はしゃぐシーラを見て、ルピカは苦笑する。その心は、エルフのシーラの方が何十倍もすごい存在だからだ。

「でも、気難しいっていうから不安だけどね……」

あははと笑いながら、それでもシーラがいれば何とかなりそうだとアルフは内心で思う。むしろ、シーラであれば魔女たちに気に入られてしまう可能性もあるのではと考える。

そうなれば、情報を得て一気に魔王ピアへ近づくこともできるだろう。

もしかしたら、とんとん拍子で上手くいくかもしれない。そんな考えが、全員の脳裏によぎるのだった。


マリアはじっとシーラを見つめ、祈るような気持ちになる。本来であれば、シーラを巻き込むべきではなかっただろう。

精霊のことや、アルフへの治癒など。治療や薬草のお礼をしたとはいえ、受け取った恩が大きすぎて返せないんじゃないかと思うほどだ。

「……よろしくお願いするわ、シーラ。アルフも、無理をさせてばかりで申し訳ないわ」

「気にしないで、マリアさん。きっと魔王の……えと、ピアだっけ？　見つけてみせるから」

「そうだよ。マリアはこの国の王になったんだから、胸を張っていればいいよ」

シーラとアルフは、任せてと大きく頷いたのだった。

＊＊＊

「魔女たちから情報を得る、かぁ……」

翌日になり、シーラは馬車の中で不謹慎ながらも浮かれていた。

やっと当初の目的である旅に出ることができたのだ。精霊たちも無事に解放されているため、精霊魔法だって使いたい放題だ。

そして馬車の中には、シーラ、ルピカ、アルフの三人。

シーラはてっきりアルフと二人旅だと思っていたが、ルピカが一緒だったので嬉しくなる。一番の仲良しであるルピカがいると、やはり心強い。

「でも、ルピカはマリアさんと一緒に国に残らなくてよかったの？」

「……マリアには結構、渋られましたけどね。でも、わたくしも魔法使いとして魔女には一度会ってみたかったんです」

かなり渋られたんじゃ……と思いつつも、魔法の得意なルピカが言うのであれば、よっぽどすごい人たちだということはすぐに予測することができる。

「一応の目的地は、魔女の村なんだよね？」

「そうです。女性のみで構成されている村なんですよ」

「え？　男の人はいないの？」

「いません。だけど、村の人口が顕著に減ることはないし、平均寿命も魔女たちだけぐっと高いので、不便はないみたいです」

なんだか超人のような人たちの集まりだな……と、シーラは思う。

そんな人たちが自分を受け入れてくれるのだろうかと不安になりつつ、寿命が長いのであれば昔の魔王に関しても何か知っている可能性は高いと考える。

やっぱり楽しみ！　そう考えるシーラの向かいに座るアルフが、不吉なことを口にする。

「でも、魔女の寿命が長いのは人間の心臓を食べてるから……っていうような話も聞くけど」

「ぴゃっ！」

「え？　さすがに迷信じゃないですか？」

心臓を食べると聞き、シーラの肩がびくりと跳ねる。

ルピカはありえないと笑っているけれど、シーラの中には一抹の不安が生まれるのであった。

エピローグ　精霊たち

がたごとと揺れる馬車の中で、ルピカは目を輝かせていた。それは、シーラの周りにたくさんの精霊が集まってきたからだ。

王都にいたときはまったくいなかったのに、離れてからしばらくしたら集まってきた。みんなシーラが大好きで、引き寄せられてしまったらしい。

集まってきた精霊たちは、口々に助けてもらった礼を述べる。

『ありがと〜！』

『自由に動けるようになって、幸せ！』

嬉《うれ》しそうに笑う精霊たちを見て、シーラは頬が緩む。もう大丈夫だよと伝えながら、元気になってよかったねと声をかける。

「今ここに精霊がいるってことは、いろんなところに出現しているのかな？」

精霊と遊ぶシーラを見て、アルフが疑問を口にする。シーラは考えて、「わからない」と正直に告げる。

「精霊は結構気まぐれなところもあるから。仲が良くないと、あんまり出てきてはくれないんだよ」

「そうか……」

「そうなんですか……」

二人はたくさんの精霊と友達になりたかったのだろう。シーラの返事を聞き、アルフとルピカが項垂《うなだ》れる。

けれど、すぐにルピカが復活してシーラの手を取った。

「シーラと一緒にいれば、わたくしも精霊と仲良くなれるチャンスがあるような気がします！」

「あ、それは確かに。シーラさんをダシに使うようであれですけど……」

「仲良くなれたら、精霊魔法だって使いたい放題だもん。ルピカは魔法使いだし、きっとすぐに使いこなせるようになるよ」

「精霊魔法……使い方を、ぜひ知りたいです!!」

何気なく言ったシーラの一言に、ルピカがすごい勢いで食いついてくる。

「えっと、私が教えるのはいいけど……召喚石の欠片《かけら》を手に入れるのがいいかな？」

「それって、シーラの杖《つえ》についているものですよね？」

「うん。おいで、【ハク】」

シーラが杖に魔力を流すと、召喚石の欠片に宿る精霊ハクが姿を現した。

『はーい、呼んだ？　シーラのおかげで、魔力が回復して絶好調！』

「元気そうでよかった」

簡単に召喚してみせるシーラに感心しつつ、ルピカはハクをじっと見つめる。いつか、自分も精霊とともに戦うことができるのだとわくわくしているのだ。

「ねえねえ、召喚石の欠片を探してるんだけど、どこかにないかな？」

『欠片を？　ん、ん〜〜』

シーラの問いかけに、ハクは頭を抱える。

ずっと精霊たちから力を奪っていたので、この土地に召喚石の欠片がある可能性はとても低いようだ。

武器のような形で加工したものならあるかもしれないが、どれも魔力がすっからかんになってしまっているため、ハクでも検知は難しいのだろう。

『役に立てなくてごめん……』

「そんなことないよ。旅をしながら、武器屋を確認してみる」

『うん。僕みたいに干からびた召喚石の欠片が眠っているかもしれないしね！　……そいつら、きっと辛《つら》いはずだからさ。助けてやってくれよ』

「ハク……。もちろん、絶対に助けてみせるよ」

懇願するようなハクの声に、シーラはすぐに返事をする。

「わたくしも、協力します！」

「僕も。できることならば、なんだってするよ」

『ありがとう。……最初に召喚されたとき、酷《ひど》いことを言ってごめん。よろしくね』

協力を申し出た二人にも、ハクは笑顔でお礼を述べる。そして、出会ったときに冷たく対応したことを謝った。

「いいえ。わたくしたち人間が酷いことをしていたのですから。こちらこそ、謝罪しなければいけません」

『いいよ、別に。お前が悪いわけじゃないのは、わかってるから』

「……ありがとうございます」

全員でお礼や謝罪をし終わって、今度はそれがおかしかったのかハクが大笑いする。

『人間って、面倒だね』

「そうですね。とても面倒です」

つられてルピカも笑う。

「でも、こうやって仲良くできる人もいるんだよ？　ハクがルピカたちに出会えて、よかった」

『うん』

シーラも再び会話に加わって、馬車の道中はとても楽しいものになった。

しかしそこで、予想していなかった事件が起きる。御者の悲鳴が、馬車の室内に聞こえてきたのだ。

「おいおいおいおいおいそこの馬車！　有り金を置いて――ってアルフ!?」

「クラース!?」

アルフが馬車の窓から顔を出すと、あくどい顔をしたクラースが馬車の前に立ちふさがっていた。確かに以前は盗賊だったが、いつの間にかまた盗賊になっていたなんて……!!

「何してるんだよクラース、もう盗賊なんてしない約束だっただろう!?」

「いやいやいや、魔王を倒す手伝いをするって約束だっただけだろ!?」

言い合っている二人を見て、シーラは馬車から外へ出る。

「おう、久しぶりだな」

「クラースさん、別れの挨拶をしたかったと思ったらこんなところにいたんですか……」

「まったく……」

シーラに続いてルピカも馬車から降りて、クラースの所業に呆《あき》れてため息をつく。

魔女たちの村まで、馬車で一週間。

クラースの加わったシーラの旅は、まだ始まったばかりだ——。

エリクサーの泉の水を飲んで育った村人

番外編

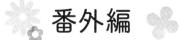

番外編　都会に憧れる女の子

「あーん、都会に行きたいよう、村から出たいよう!!」

村の近くにある花畑で自分の欲望と葛藤しているのは、七歳のころのシーラだ。地面に寝ころんで、ごろごろと転がっていく。

大人たちに村から出たいと話したところ、大反対されてしまったのだ。

『この村は平和でいいではないか』

「フェル！　でも、私はもっと広い世界を見てみたいのに」

シーラの下《もと》にやって来たのは、森で仲良くなったフェンリルのフェル。三メートルを超える巨体はもふもふで、柔らかい。鋭い牙は怖いけれど、根は優しいシーラの大切な友達だ。

いつも何か愚痴を言うと、フェルは優しく聞いてくれる。

「……村にある絵本を読んでもらったの。村の外には、お姫様とかがいるんだって。都会に住んでいて、そこはすっごくキラキラしてて、楽しいんだって」

たくさんの人がいて、お店がある。何か新しい発見や出会いなど、いろいろなことに巡り合えるのではないかと……シーラは幼いながらに感じていたのだ。

『でも、お前の親は心配して駄目だと言うのだろう?』

「そうなの」

『ふむ……。確かに、外の世界は怖い』

「フェルは行ったことがあるの!?」

見てきたかのように言うフェルに、シーラは目を輝かせて食いつく。どんなところなのか、美味《お》しい食べ物はあるのか、聞いてみたいことはたくさんある。

けれど、フェルの答えはシーラの望むものではなかった。

『人間たちは、俺を見るなり攻撃してきた』

「えっ!? なんで?」

『何もしていないが、人間たちにとって俺は倒すべき存在だったのだろう』

人という人種は、己と違う者に対してひどく冷たいものだ。フェルの言葉を聞き、シーラはしゅんと表情を曇らせる。

「フェルはこんなにいい子なのに」

『それはシーラやこの村の者たちが優しいからだ』

落ち込んでしまったシーラを慰めるように、フェルはその林檎《りんご》のように赤く可愛《かわい》らしい頬にすりよる。もふもふした毛が、鼻先に触れてくすぐったい。

「あはは、ありがとうフェル」

『シーラは笑っている方が可愛い』

「うん！　でも、でもでも、都会はあきらめないよ！」

どんな人間がいるのかわからないのだから、もしかしたら攻撃されてしまうかもしれない。

『怖くないのか？』

フェルがそう告げるも、シーラはゆっくりと首を振る。

「そりゃあ、怖いよ。でも、もしかしたら仲良くしてくれる人だっているかもしれないよ！」

それにやっぱり、絵本の中でキラキラと輝いていた王都を見てみたい。シーラの中にあるその思いは、とても強い。

えへへと笑うシーラを見て、フェルはやれやれとため息をつく。

『家族の許しはちゃんと得るんだぞ』

「うん！　世界を旅して、とびっきりのお土産を持って帰ってくるんだぁ……」

そうしたら、お母さんも、お父さんも、お兄ちゃんもお姉ちゃんも喜んでくれるだろう。

自分がしたことで、家族や友達が喜んでくれるというのは最高だ。シーラはそれを思い描き、嬉《うれ》しそうに笑う。

「もちろん、フェルにだっていっぱいいーっぱいお土産を持って帰ってくるよ！」

『それは楽しみだ』

はしゃぐシーラを見て、フェルも笑う。

そして同時に、本当に旅に出たときのために鍛えておくのがいいだろうなとも考えた。弱ければ、人間たちに捕まってしまう可能性だってあるだろう。

もちろんいい人間もいるだろうが、悪い人間だっているのだから。

しかし、シーラはあまり戦闘や治癒が得意ではない。あくまで村の中で比べたら、の話だけれど。本人も、鍛錬などは好きではないはずだ。

『……ふむ』

「フェル？」

突然声をあげたフェルを見て、シーラはどうしたのだろうと顔を覗《のぞ》き込む。

『シーラ、森へ遊びにいかないか？』

「え？　森に？　もちろんいいよ！」

フェルの言葉は突然だったけれど、シーラはすぐに快諾する。一緒に遊ぶのだから、断る理由なんてない。むしろ、遊んでくれて嬉しい！　という気持ちの方が強い。

『よし、森まで走るから背中に……いや、かけっこをしよう』

「絶対フェルの方が速いのに！」

やる前から負けがわかっているかけっこなんて嫌だと、シーラは拗《す》ねる。

『毎日すれば、いつかシーラが勝つかもしれないぞ。挑戦もしないのか？』

「むう……する！　今は負けるかもしれないけど、いつか絶対に勝つもん!!」

『ようし、その意気だ』

シーラのやる気を引き出して、走り出した。

目指すのは、近くにある浅く明るい森だ。ちょっとした魔物はいるけれど、弱いためフェルがいれば恐れて近寄ってはこない。

そこで、遊びと称してシーラの足腰などを鍛えてしまおうとフェルは考えたのだ。村から出て外の世界に行くには、険しい森を抜けなければいけない。

今のシーラがそこを抜けるのは、無理だろう。

かといって、それを正直に告げたらやる気に満ち溢《あふ》れているシーラを傷つけてしまう。それはよくないと考えたフェルの結論が、遊びと見せかけて鍛えてしまおう作戦だ。

もちろん、単純思考なシーラはそれに気づいていない。

こうして、シーラが仲良くしている伝説級の魔物たちは――こっそり夜に集まって作戦会議をし、シーラが外の世界でも生きていけるように鍛えることにしたのだった。

あとがき

初めまして、こんにちは。ぷにです。

この度は『エリクサーの泉の水を飲んで育った村人』をお手に取っていただき、ありがとうございます。

最近は、皮ごと食べられる小さいぶどうがお気に入りです。よく朝やおやつに食べるのですが、美味しいしお手軽でいいですよね。

果物を食べていると健康的な気がするので、なんだか好きです（笑）。


タイトルでエリクサーと謳っている割に、村から旅立った後のお話です。連載当初は、まったり気味だった話のはずなのに、気づけば王城が全壊していました。不思議です。

……いやあ、書いてみないと何が起こるかわかりませんね。

基本は明るくコメディっぽく、けれどシリアスもある。そんなお話を目指していたのですが、シーラのとんでもキャラが結構シリアスをぶち壊そうとしてくるので苦労します。

まだまだシーラの旅は始まったばかりなので、もっと広い世界をお伝えできたらいいなと思っています。

最後に、皆さまに謝辞を。

この本をお手に取ってくださった方、本当にありがとうございます。少しでも楽しんでいただけたら嬉しいです。

PASH！ブックスさんでは二冊目の本となりました。

前回に引き続き担当してくださった編集のY様、T様、ありがとうございます。またご一緒することができて、とても嬉しいです！

イラストを担当してくださった赤井てら先生。表紙のシーラが元気いっぱいで、明るくとっても可愛いです！　鞄に付いているフェンリルの人形がとてもお気に入りです……!!

また、本作に関わってくださったすべての方に感謝を。素敵な一冊に仕上がり、とても幸せです。ありがとうございます。

それではまた、皆さまにお会いできることを願って。

二〇一八年五月吉日　ぷにちゃん

地味だけど最強の
子連れ剣士、見参！
＼PASH!発完全無料Webコミックサイト／
Comic
PASH!
ドドドドッ
ブロワ
お嬢様に攻撃してきたらよろしくな
ああ わかった
パパ頑張って！
[地味な剣聖は
それでも最強です]
[作画]あっぺ [原作]明石六郎 [キャラクター原案]シソ
5月25日よりコミカライズ始動！
原作小説
累計13万部突破！
噂のクマっ娘《こ》・ユナの
痛快異世界漫遊記
[くま クマ
熊 ベアー]
[作画]せるげい [原作]くまなの
[キャラクター原案]029

大自然を舞台に繰り広げられる
ハンティング＆ほのぼの恋愛物語
［北欧貴族と猛禽妻の雪国狩り暮らし］
［作画］白樺鹿夜
［原作］江本マシメサ
［キャラクター原案］あかねこ
人類・亜人・神々が紡ぐ
衝撃のダークファンタジー
［神統記（テオゴニア）］
［作画］青山俊介 ［原作］谷舞 司
［キャラクター原案］河野紘一郎（クラフタースタジオ）
リバイバル連載
病弱ドS系男子中学生のハイテンションギャグ
［よわとも］
［作］アサダニッキ
男子高校生×豆知識!?
たまにタメになる
超ゆる4コマ
［4コマ 豆しば学園］
［作画］たま
［原作］キム・ソクウォン
4コマCOMIC
パレットパレード
今年配信決定の最新アプリを
いち早くコミカライズ!
［作画］ミキマキ
［原作］シリコンスタジオ
©Silicon Studio Corp., all rights reserved.
［まどぎわの青い春］
［作］すずゆき
SNSで話題沸騰!
身悶え必至なほろキュン♥青春ストーリー
新企画も続々進行中!!
URL
http://comicpash.jp/
Twitter
@pashcomics

この本を読んでのご意見・ご感想・ファンレターをお待ちしております。
〈宛先〉 〒104-8357 東京都中央区京橋 3-5-7
(株)主婦と生活社 PASH！編集部
「ぷにちゃん」係
※本書は「小説家になろう」(http://syosetu.com)に掲載されていたものを、改稿のうえ書籍化したものです。

PASH! ブックス

エリクサーの泉の水を飲んで育った村人

著　者 ぷにちゃん
編集人 春名 衛
発行人 永田智之
発行所 株式会社主婦と生活社
〒104-8357 東京都中央区京橋 3-5-7
03-3563-2180（編集）
03-3563-5121（販売）
03-3563-5125（生産）
ホームページ http://www.shufu.co.jp
印刷所 大日本印刷株式会社
製本所 小泉製本株式会社
イラスト 赤井てら
編集協力 デザイン 株式会社ウェッジホールディングス
編集 山口純平

ISBN978-4-391-15195-4